中公文庫

i（アイ）鏡に消えた殺人者

警視庁捜査一課・貴島柊志

今邑　彩

中央公論新社

目次

DTP・図版作成　嵐下英治

i（アイ）鏡に消えた殺人者

――警視庁捜査一課・貴島柊志

プロローグ

わたしは今ここにいる。

生きてこうしておまえの目の前にいる。

長い間、おまえは気が付かなかった。目の前にあるのが他人の顔だということを。この顔が実はおまえのものではないことを。

何気なく紅を差し、髪を梳《す》く。そんな動作の繰り返しをわたしは飽《あ》かず巧みに真似てきた。化粧の出来栄えに思わずにっこりする晴れやかな微笑さえも。

わたしは影だった。おまえがここを出てどこへ行こうとも、わたしは必ず後を追う。

でも、いつかおまえは気が付くだろう。

わたしが影であるのをやめたとき。

いくらほほ笑んでも、笑わぬ顔がおまえを真っすぐ見返すとき。

目の前にいるのが、昔、ひそかに殺した女だということを。

8

そのときこそ、わたしがおまえに「会いに行く」ときだ。

Ⅰ章　ミラージュ

1

子供のころ、私は大きなお屋敷に住んでいた。

昼でも暗い。それが脳裏に焼き付いた、その屋敷の印象だった。黒光りする長い廊下。廊下に沿って並ぶ襖《ふすま》の褪《さ》めた金箔《きんぱく》の煌《きらめ》き。古びて煤《すす》けた天井の梁《はり》。廊下の果てにあるご不浄には絶対にお化けがいると信じていた。

広い庭には、太い桜の樹が何本も植えられていた。よく覚えているのは、八方に枝を伸ばした、ソメイヨシノの樹の下に、群がり咲いた紫陽花《あじさい》のことだ。うっとうしい雨の季節になると、桜の枝に覆《おお》われた薄くらがりに、白や青、赤紫の花が鮮やかに咲き乱れた。その妖《あや》しいまでのうつくしさ。

降りしきる雨のなか、夏ふじの茂みに足をとられながら、傘の柄を小さな肩で支えて何度眺《なが》め入ったことだろう。

私はひとりっ娘《こ》だった。がっしりした体格の、髭《ひげ》の剃りあとの青々とした、夏には白ずくめの服装を好んだ父と、病気がちで床についていることが多かった母と三人で暮らしていた。母はあのころ、二人めの子供を死産して、そのせいで体調が悪かったのかもしれない。

母が布団《ふとん》から大儀そうに身を起こして、乱れた襟元《えりもと》を掻《か》き合わせながら、優しい仕草で手招きしてくれた様を今でも思い出す。

私は両親にそれは愛されていた。子供心にもそのことがハッキリと感じ取れるほどだった。旧家の跡取り息子で中学の教頭だった父は外ではずいぶん威張っていたようだが、うちへ帰ると子煩悩《こぼんのう》な人になった。母もひとりしか恵まれなかった子供を嘗《な》めるように慈《いつく》しんだ。

幸福だった。あんな幸福な日々はもう二度と私の人生に訪れないだろうと思うほどに。でも、私の幸福はそう長くは続かなかった。

或《あ》る日、一匹の蝮《まむし》が純真だった私の胸に住み着いたのだ。最初は小指の爪ほどの大きさだった。毒もわずかだった。しかし、やがてそれは……。

蝮はふいの訪問者によってもたらされた。五歳になったばかりのときだった。暑い夏の盛りだったと思う。日射病になるからうちにいなさいという母の細い声を振り切って、外に遊びに出たときだった。

裏木戸の前に彼女たちは立っていた。昼間の幽霊のようにひっそりと。昆虫の翅《はね》を思わせる薄い生地の白い和服を着た大人の女と、その女に手を引かれた小さな女の子。女の子は白いワンピースに白い帽子を被《かぶ》っていた。帽子のリボンは鮮やかに赤かった。

女が顔を隠すように傾けていた絹張りの白い日傘を畳んだとき、私は吃驚《びっくり》した。その顔が母にそっくりだったからだ。でも、母より美しいと思った。うちに籠《こも》りがちでめったに化粧などしたことのない母に較べて、その女の口紅が目をそむけるほどに濃かったせいかもしれない。和服の着方は少しだらしがなかった。母はいつも襟元をきちっと合わせて着ていたが、その女は襟元も帯の締め方もどこかぐずぐずしていた。でも、そのしどけなさがかえって女を艶《あで》やかに見せていた。

「エッちゃん?」

私の顔を覗《のぞ》き込むようにして、なつかしそうな声でそう言った。頷《うなず》くのも忘れて、ただその白粉《おしろい》くさい顔を見上げていると、女は笑った。夕顔の花が咲くような笑顔だった。犬歯に紅がついていた。後ろでゆるやかに束ねた黒髪がほつれて一筋頬《ほお》に乱れかかった。

「忘れちゃったかな。鈴子《すずこ》おばさん。一度だけ会ったことあるでしょ？」

覚えていなかった。スズコ……。名前だけは聞いたおぼえがある。

「この子、おばさんの娘。エッちゃんの従妹《いとこ》よ。これから仲良くしてね」

これから？

女は、女の子の手をつかんで前に出した。

私は、一瞬、姿見の前に立ったような気がした。私たちは互いの顔を見詰めあった。同じ白い服。同じ背丈。同じ顔。年ごろも同じだった。違うのは、目の前の女の子が熟《う》れた茱萸《ぐみ》のような紅い唇をしていたことだ。私の唇がこんなに赤かったことはない。いや、一度だけある。お祭りの夜、鼻にひと刷《は》けの白粉と、口には紅をつけてもらったときだ。あのときの鏡に映った私の顔に似ていた。

お祭りでもないのに、この子は口紅をつけている。

少しだらしなく半開きになっていた口を見詰めながら、私はなぜか憎らしく思った。

このとき、私の胸にちいさな蛇が住み着いたのだ。

これが、アイとの最初の出会いだった。

2

アイという名にどんな漢字を当てるのか。「愛」だったのか、それとも「藍」か。あるいは、本当は「愛子」か「藍子」だったのか。今となっては思い出せない。覚えているのは、私にそっくりなその女の子が、「アイ」とか「アイちゃん」とか呼ばれていたことだけだ。

母子は突然現われて、そのまま出て行かなかった。叔母は母の年子《としご》の妹で、子供のころから双子と間違われるくらい似ていたそうだ。私とアイは共に母親似だった。

叔母が娘を連れて姉の嫁ぎ先に転がり込んできた理由を、私はあとで知った。口さがない使用人たちの噂話《うわさばなし》からである。なんでも「正式に結婚してない男性と長い間暮らしていたが、その男性に捨てられ、私生児を抱えて路頭に迷った」ためらしい。

あとで母に聞いた話だと、叔母の「身持ちの悪さ」は近隣にすぐに知れ渡り、姉としてずいぶん肩身の狭い思いをしたのだそうだ。

とにかく、この美しい闖入者《ちんにゅうしゃ》によって、家のなかの雰囲気はガラリと変わった。母の体調がすぐれなかったためか、どこか辛気臭《しんきくさ》かった家の中が、大輪の花でも咲いたように華やかになったのだ。

最初、母は父に遠慮してか、妹母子に、玄関そばの使用人用の三畳間をあてがった。父が不憫《ふびん》がって二人を庭に面した眺めの良い八畳の客間に移したのは、それから一カ月後のことだった。このころから、借りてきた猫のようにおとなしかった叔母の態度が豹変《ひょうへん》した。

使用人を顎《あご》でこき使うようになり（居候《いそうろう》にすぎない女に酷使されるのが面白くなかったのか、二人いた使用人は相次いで暇を取った）、母の和簞笥《わだんす》から勝手に着物を取り出しては着るようになった。暗い姿見の前で、憑《つ》かれたように次から次へと片袖を通しては放り出す叔母の赤い長じゅばん姿を、私は物陰から怖いものでも見るように見ていたことがある。

家中に酒の香がしつこく漂うようになったのもこのころからだ。それまで、うちではあまり晩酌《ばんしゃく》をしなかった父が、毎晩のように叔母の酌で飲むようになったのだ。叔母もあおるように飲んだ。父に酌をするというより、父に酌をさせて自分で飲んでいるほうが多かった。時折り、昼間から酒の匂いをさせて、おぼつかない足取りで庭をフラフラ歩いていることもあった。

叔母の態度がだんだん図々しくなっていくのが、幼心にも不愉快だった。だが、私をもっと不快にさせたのは、アイだった。

アイはまさに母親のミニチュア版だった。盗みの天才だった。玩具《おもちゃ》も人形も、いつのまにか、私の玩具ばこから消えていた。そして必ずアイの部屋から見付かった。人形の首はもげ、玩具は壊れて。そのことをなじっても、ただめそめそと泣くだけだった。誰かが何があったのかと聞いてくれるまで根気よく泣き続けた。そして、巧みに自分が被害者のような顔をした。叱られるのはいつも「いとこに人形も貸してやらない意地悪な」私のほうだった。

アイが盗んだのは人形や玩具だけではない。父の愛情だった。アイは母親譲りの狡猾《こうかつ》さで、父の心を少しずつ盗んでいったのだ。甘ったるい微笑と弱々しげな泣き方で、不器用な私から父の愛を盗んでいった。

帰宅した父が真っ先に抱き上げるのは、いつしかアイのほうになっていた。おあずけを食った犬みたいに抱擁《ほうよう》の順番を待っていた私に、父は二人の子供を抱きあげるのは億劫《おっくう》になったのか、「悦子《えつこ》は重くなったからな」と呟《つぶや》いて、頭を撫でるだけで済ませてしまった。それさえもときには省略した。私のほうもしきりに愛嬌《あいきょう》を振り撒《ま》いている従妹の姿を、柱の陰から、爪を噛みながら見詰めているだけのほうが多くなった。

アイはまだ五歳だというのに、妙なしなを作ることを知っていた。母親の姿を見ているうちに自然に覚えてしまったのだろう。あの紅をつけたような唇をいつも半開きにして、小指をたてて酌をする仕草まで覚えてしまったのだ。こんな気味の悪い仕草が、酔った父の目には愛くるしくうつったらしい。幼女に酌をさせるという、はたから見ると、グロテスクな余興が、父を大いに喜ばせた。

ある夜。私は厭《いや》な光景を見てしまった。母に伴われてご不浄へ行く途中だった。つきあたりにご不浄のある長い廊下を歩きながら、ふと目を遣《や》ると、中庭をはさんで、父の部屋が見えた。障子には煌々《こうこう》と明かりが灯《とも》って、父の影法師がうつっていた。その大きな影にまとわりつく小さな影。アイだ。大きな影法師に小さな影がじゃれついていた。父の野太い笑い声にアイのキーキーという金属的な甲高い笑い声が混じって。

父は「子供は早く寝ろ」と私を寝床に追いやっておいて、アイとはこんな夜更けまで遊んでいる。父は完全にアイのものになってしまった。惨めさと腹立たしさで、絡み合うふたつの大小の影を睨《にら》みつけた。

私の気持ちを察したのか、母が手を引いて促さなければ、その場にじっと立ち尽くして、幼い心を責めさいなむ光景をいつまでも見ていただろう。

思えば、このとき、私の心に巣くった蝮はすでに子蛇ではなくなっていた。

3

うちの裏手に大きな池があった。睡蓮《すいれん》の葉がところどころに浮いた苔色《こけいろ》の池だった。夏が近付くと、目の覚めるような紫色の花が暗く澱《よど》んだ水面《みなも》に咲いた。誰が放したのか、巨大な鯉が潜んでいて、時折り、赤とくすんだ金の混じった背中を見せた。危ないから独りで池のそばに近付いてはいけないと、母から始終言われていたが、それでも私は、ときどき、睡蓮の葉の間を縫って悠然《ゆうぜん》と泳ぐ鯉を見に行った。

アイがこの池に落ちて死んだのは、うちへ来て、もう少しで一年になろうという夏のはじめのころだった。夕方、勤め帰りの近所の人が自転車で池のそばを通りかかったとき、白い睡蓮が咲いているのを珍しく思い、自転車を降りて近くに寄って見ると、花だとばかり思ったものが、幼女の広がったワンピースであることに気が付いたのだ。夕闇の迫った暗い水面に、アイは捨てられた人形のようにポッカリと浮いていた。

長い棹《さお》で遺体が物のように引き寄せられた。青ざめたちいさな手にしっかりとミルクキャラメルを握り締めていたことが、居合わせた大人たちの涙を誘った。叔母は髪を振り乱して泣き叫んだ。警察の人が来ても、冷たくなった娘の遺体を抱き締めて離さなかった。父も男泣きに泣いていた。私も母の着物に顔を隠して声をあげて泣いた。顔を隠して泣いたのは涙がちっとも出ないのを隠すためだった。

死因は溺死《できし》だった。遺体から他に外傷らしきものは見当たらなかったことから、独りで池のそばで遊んでいるうちに、誤って足を滑らせたものだろうという線に落ち着いた。誰もそれを疑うものはいなかった。池の縁の紫陽花がひと群れ咲いているあたりの土が、滑った跡のように崩れていたからだ。

アイがあっけない最期を遂げてから、叔母の酒量が目に見えて増えた。昼間から酒びたりだった。そして、アイが死んだ半年後、奇《く》しくも叔母は娘と同じ運命をたどる羽目になった。ある夜、酔って池に行き、足を滑らせて落ちたのだ。しらふだったら大人が溺れ死ぬような深さではなかったが、泥酔していた叔母は足が立たなかった。白い着物に面《おもて》を伏せた叔母の長い黒髪が、ゆらゆらと藻のように澱んだ水に揺れていた。現場の状況では事故死とも自殺ともつかなかった。昼間から酔っ払ってふらふら歩いているのを近所の人たちが見ていたことから、結局は事故死として処理されたが。まるで咲いた花がパッと散るような死に方だった。「あたしゃ、畳の上では死なないよ」と口癖のように言っていた叔母らしい最期だった。

二人の闖入者《ちんにゅうしゃ》が、現われたときと同じような唐突さでいなくなって、我が家にはしばらくは茫然としたような空気があったものの、時の流れはいつしか二人のことを私たちに忘れさせた。

私は小学校に入った。このころから、母の健康も少しずつ回復に向かって、外にも出歩くようになった。地味だが品のいい身なりの母は私の自慢だった。化粧をすれば、母だって死んだ叔母に負けないくらい美しいことを私は知ったのだ。ばあやさんを一人雇い入れ、我が家には平穏と明るさが戻った。私はまた以前の両親の秘蔵っ子の地位を取り戻していた。

しかし……。

平穏に見えたのは表面だけだった。私はもう昔の無邪気な子供ではなかった。私には絶対に他人には話してはならない秘密があった。生涯隠し通さなければならない秘密。私だけの秘密。

あのとき、アイは瞬間振り返って、私の顔をまともに見た。「ほら、鯉がいるよ」と言った私の言葉に池の中を覗こうとして身を乗り出したときだ。アイは背後にまわった私の気配に何かを感じ取ったのかもしれない。「どこ？」と言って、オカッパを振って振り向いたのだ。その一瞬。私とアイの目が合った。私は両手を思い切り伸ばしてアイの背中を突いた。

アイは自分から落ちたのではない。私が殺したのだ。そして、アイは池に落ちる瞬間、それを知っていた。私が彼女を突き落とすつもりでここに誘ったことを。「鯉を見に行こう」という口実で。

たった五歳の子供に、こんな明白な「殺意」があったことを誰も信じてくれないかもしれない。でも、私のなかには、あのとき、それがハッキリとあったのだ。そして、アイもまた、私の殺意を感じ取っていた。私を見詰め返したアイの目に憎悪があった。アイもまた私を憎んでいたにちがいない。

アイが叫び声もあげず、紫色の睡蓮の合間に沈んでいくのを私は両の拳を握り締めて見ていた。時間が止まってしまったような、初夏の真昼のことだった。アイの黒いオカッパ頭が花の下に見えなくなって、泡《あぶく》が幾つか続けて浮いた。それだけだった。

大人たちは誰も私を疑おうともしなかった。誰も五歳の子供にこんなことができるとは夢にも思わなかったのだ。むろん、私の両親さえも。

4

成長するにつれ、私はアイのことを自然に忘れていった。

あの五歳の夏の昼下がりに起こったことは、幼いころに見た悪夢のひとつにすぎなかったのではないか。そんな気にさえなっていた。父も母も、非業《ひごう》の死を遂げた叔母とその娘のことは、あれ以来けっして話題にはしなかった。

そんな私が、アイのことをふいに思い出したのは、中学に入って、はじめての英語の時間だった。眼鏡をかけた中年の女教師が、黒板に厭な音をたててアルファベットを書いていた。ひとつずつ、気取った声で発音しながら。眠気と戦いながら（英語は体育の次だったからだ）、「H」の次の音を聞いたとき、私は平手打ちを食ったような気がして目が覚めた。

アイ。

教師はそう発音したのだ。

懐かしさと忌《い》まわしさの入り交じった奇妙な感覚に襲われた。それは忘れかけていた響きだった。薄いヴェールをまといつつあった過去が突如その薄衣をかなぐり捨てたのだ。

そして、私は、アルファベットの「I」が、「私」という意味であることも、すぐに知った。

アイ。私。

アルファベットのたった一文字が、五歳の悪夢をまざまざと思い出させた。

このころからだった。鏡を見ることに、言い知れぬ恐怖を感じるようになったのは。鏡に映る顔が自分のものではない。そんな妄想に囚《とら》われるようになったのだ。自分の顔を自分で見ることはできない。自分の顔を見る手段は写真か鏡しかなかった。私には写真に撮られた顔と鏡に映った顔が微妙に違っているような気がしてならなかった。鏡に映った顔のほうがわずかにきれいな気がしてならなかった……。

中学の二年になったころから、手鏡をカバンに入れて持ち歩くようになった。鏡を見ることが怖い。そのくせ、見ずにはいられなかった。休み時間などに、飽かず手鏡を覗いている私を、級友たちはひそかに「ナルシスト」と嗤《わら》っていたようだ。

鏡を見て、自分の顔にうっとりしていたわけではなかった。鏡のなかの顔が自分の顔とは違うような気がして、強迫観念のように、それを確かめずにはいられなかったのだ。

高校に進んだころ、私はまたもや、突然、「アイ」に出会った。数学の時間だった。数学は大嫌いだったので、教師に指される心配のないときは、いつも頬杖をついて窓の外をボンヤリ眺めたり、とりとめもない空想に耽《ふけ》ったりしていた私が、教師が発したある一言で、いきなり現実の世界に引き戻された。

アイ。

教師はそう言った。何気なく事務的な声で。気が小さいくせに尊大なところのある（というか、尊大さは気の小ささの表われにすぎないのだが）、鼠《ねずみ》のような顔をした若い男の教師だった。

教師は、投げやりな態度で黒板に「虚数《きょすう》」と書きなぐり、「ｉ」と続けた。そして、乾いた単調な声で、「ｉとは虚数単位のことで、平方すれば負になる数のことである」と説明した。

「ちなみに、ｉのｉとは、Imaginary number の頭字をとって、こう呼ぶ。まあ、実在しない想像上の数とでもいうか。あまり難しいことを話しても、どうせおまえらには理解できないだろうから、これだけ覚えておけばいい。受験に必要なのはこれだけだ」と、自分でも「ｉ」の本当の意味を知らなそうな教師は面倒臭そうに、ひとつの数式を乱暴に書きなぐった。

教師はそれ以上、「ｉ」という不可思議な数については触れなかった。すぐに問題集に移ってしまい、生徒たちも何がなんだかわからないまま、黒板の数式をノートにせっせと書き写し、慌《あわ》てて、問題集を開くだけだった。

しかし、私は茫然としていた。問題集を開くことも忘れて。突如、耳を打った、「アイ」という音と、その音の示す意味とに、何か地の底に引きずり込まれるような神秘を感じた。それは、前に、英語の時間に感じたものより、もっと深い感覚だった。

実在しない、想像だけの……。

「アイ」は、「私」であり、「ありえない虚のイメージ」でもあった。でも、私にとって、「アイ」はけっして抽象的なものではなく、ハッキリと鮮明なひとつの顔を思い起こさせた。私によく似た幼女の顔。あのとき、私の目を見返したあの顔。

私はある確信をもった。鏡のなかにいるのは私ではない。あれは、私が殺したアイであると。アイはこの世では死んでしまったが、鏡の世界では生きているのではないか。私と同じように成長しているのではないか。

馬鹿げた妄想だと他人から言われても、鏡を見るたびに、そう思わずにはいられなかった。鏡に映った私の唇は、紅をつけているわけでもないのに、妙に紅かった。

ある春の夜のことだった。私は自分の部屋で独りで寝ていた。真夜中、異様な息苦しさに襲われて目が覚めた。顔の上に何か柔らかいものが凄い力で覆いかぶさっていた。苦しい。息ができない。私は必死にもがいた。闇のなかで女の手に触れた。部屋の中に誰かいる！　せわしない息づかいが聞こえた。殺される！　咄嗟《とっさ》に闇のなかの手に思い切り爪をたてた。柔らかいものが顔から離れた。衣擦《きぬず》れの音がかさかさとして、人の気配が遠ざかった。私はやっとの思いで布団から這《は》い出ると、明かりを点《つ》けた。部屋には誰もいなかった。枕が放り出されているだけだった。部屋の戸には内側から鍵がかかっていた。窓にも中から錠がかかっていた。夢？　誰もこの部屋に入れるはずがない。しかも、うちにいるのは父と母とばあやさんだけなのだ。怖い夢だったのだ。ふらふらと立ち上がり、壁に掛けた楕円形の鏡の前まで行った。水色の寝間着を着て、青ざめた私がそこに映っていた。ふと、手をかざすと、鏡のなかの私の右手の甲に血の滲《にじ》んだ赤い筋があった。

この夜のことは誰にも言わなかった。父にも母にも。どうせ誰も信じてはくれないだろう。悪い夢でも見たのだろうと嗤われるのがオチだった。

しかし、私は信じた。彼女は生きている、生きて鏡のなかに住んでいる。そして、私を憎んでいる……。

再び彼女に遭ったのは秋の放課後だった。私は学校のトイレに入っていた。トイレの西窓から射し込む夕日が血のように赤かった。離れた運動場から、かすかに部活の声が聞こえた。そこには私しかいなかった。用を済ませて、洗面台のひとつで手を洗い、ふと、顔をあげて鏡を見たときだった。

私は微笑していた。志望大学の合格圏内にいることを担任から聞かされたばかりだったからだ。自然に口元がほころぶのを押えられなかった。

だが、微笑を口元に刻んで鏡を見上げたとき。

全身が総毛だった。

鏡のなかの私は笑ってはいなかった。

憎悪に目を光らせてじっと私の目を見返していた。そして、結ばれた紅い口が声をたてずにゆっくりと動いた……。

イツカ、オマエヲ、コロシテヤル。

唇はそう告げていた。

私はその場に失神した。

Ⅱ章　鏡を抜けて

1

（まったくもう、女というやつは……）

何本めかの煙草を灰皿の中でねじり消して、的場武彦《まとばたけひこ》は腹の中で毒づいた。ウエイトレスが来て替えたばかりだというのに、ままごとに使うみたいな小さな灰皿は、すぐにいっぱいになってしまう。注文したコーヒーはすでに底に澱《おり》を見せている。足したばかりのコップの水も飲み尽くした。それでも、未練がましく空のコップを口に持って行き、滴《しずく》を吸った。

ＪＲ中野《なかの》駅北口を出た所にあるサンモール内の喫茶店である。

ブドウ蔓《づる》の描かれた洒落《しゃれ》た硝子《ガラス》扉に化粧煉瓦《れんが》の壁。店内は無難なブラウン系で統一されている。一階はビジネスマン風の男たちで満席。段ごとに植木鉢を置いた狭い階段を昇った二階には、中年のオバサンたちが四人、おしゃべりに余念がない。女三人寄れば姦《かしま》しいという。そこに一人増えれば……。推して知るべし。

もっとも、的場武彦が毒づいた「女」とは、このオバサンたちのことではない。約束の二時を過ぎてもいっこうに姿を見せない、砂村悦子《すなむらえつこ》のことだった。二枚のエッチングの間に掛かったアンティークな掛時計はすでに三時になろうとしている！

的場は気が短い。小柄で、色白。一見人の好さそうな坊ちゃん顔をしているが、性格は顔ほどおっとりしてはいない。すばしっこく動く目を見れば、頭の回転が早いことがわかる。が、その分思い込みが激しく、おっちょこちょいである。ただし、当人が自覚しているのは、「頭の回転が早い」というところまでだったが。

気の短い的場が、それでも憤然と席を立たずに一時間も辛抱《しんぼう》強く待っているのは、これが仕事だからだ。大手出版社、啓文社《けいぶん》の月刊小説誌の編集者である。入社して七年めの二十九歳。待ち人の砂村悦子は、啓文社がテレビ局と提携して、一昨年から設けた「日本ミステリー大賞」の今年の受賞者だった。啓文社では、受賞者に受賞後第一作として、八十枚前後の短編を「小説エポック」に書かせることにしていた。的場武彦は、その担当者だったわけである。

六月二十一日。今日が原稿の締切り日だ。どうあっても、八十枚の原稿を耳を揃えて（サラ金の取り立てみたいだが）砂村悦子から「奪取」しなければならない。

（時間にルーズなようには見えなかったがな）

三月の授賞式のときと、そのあと原稿依頼のために会ったときの悦子の印象を思い返しながら呟いた。第一印象で好感をもった。好感をもったいちばんの理由は単純。美人だったからだ。まず目に心地よい。小麦色の膚《はだ》に、勝ち気そうに煌《きらめ》く大きな目をしていた。中背で痩せていた。ギスギスというのではなく、贅肉《ぜいにく》がないという理想的な痩せ方だ。受賞作の文体のようにスッキリとした無駄のない、的場好みの体格だった。公称三十二歳。大森《おおもり》でかなり大きな家具店を営む夫と実の母親との三人暮らし。結構な身分の専業主婦だそうだが、子供がいないせいか、歳よりもずっと若く見えた。パーマっけのないショートカットがよけい若く見せていたのかもしれないが。

しかし、的場が砂村悦子に好感をもったのは、外見だけではない。性格が几帳面《きちょうめん》でまじめそうに見えたからだ。時間を守らないタイプには見えなかった。女のなかには時間を守らないことを当たり前のように思っている輩《やから》がいる。腕に嵌《は》めた時計をただのアクセサリーくらいにしか思っていないらしい。男にもこういう輩がいないわけではないが、やはり、統計的に見て、女のほうが時間にルーズである、と武彦は常日頃から確信していた。

だが、砂村悦子がそういう女たちと同類だとは思えなかった。げんに、四月に会ったときは、指定の喫茶店にあちらのほうが早く来ていて、武彦のほうが恐縮したくらいだ。

(時間にルーズなために遅れているのではないとすると、まさか、まだ仕上げていないのでは)

厭《いや》な憶測が脳裏をかすめる。このほうが可能性としては大である。受賞第一作となると、短編といえどもプレッシャーがかかる。たんなる巧いアマチュアからプロになれるかどうかの瀬戸際なのだ。昨年の受賞者も、「受賞作は怖いもの知らずでホイホイ書けたが、受賞後の短編には苦労させられた」と苦笑混じりでこぼしていた。編集者の側からすると、多少は苦労してもらわないと困る。といって、そのまま書けなくなっても困るが。

(でも、一週間前に電話を入れたときは、そんな素振りは見えなかったが)

砂村悦子は今度の短編にかなり入れ込んでいるように見えた。四月に会ったときは、大体の構想を、大きな目を輝かせて語った。本格色の強かった受賞作とはうってかわった怪奇的なネタらしい。子供のころからずっと抱き続けていた「ある恐れ」を描いてみたいと言った。昨日今日思いついたネタではなく、長い間暖めてきた構想らしい。これなら大丈夫だと感じて、その後も進み具合をチェックする電話を入れなかったのだが。直前にきて書けなくなったとも考えられる。

それに、つい最近、大森の自宅から中野のマンションに引っ越したばかりなのだ。家族と離れて、しばらく執筆に専念したいということだそうだが、いささか腑《ふ》に落ちないのは、砂村悦子が仕事場としてのマンションを「借りた」のではなく、「買った」らしいということだった。

受賞者には一千万円の賞金が出るし、受賞作の印税も入る。受賞作は幸い好評で、売れ行きもかなりよかった。他人も羨《うらや》むほどの金額が悦子の懐ろに入ったはずだから、それを足しにすれば、一専業主婦の彼女にもマンションの一部屋くらい買えなくもないだろうが……。

まあ、そんなことはどうでもいい。ようは原稿だ。もう一度腕時計を見ると、武彦はとうとう痺《しび》れを切らして立ち上がった。手帳をつかんで、階段のそばにあるピンク電話まで行く。受話器を肩で支え、手擦れで角の擦り切れた手帳を開いた。

「砂村悦子」の住所と電話番号を控えた頁《ページ》を探し当てると、それを見ながら、ダイヤルに指をかけた。住所は二カ所だ。上に大森の自宅。下に新しい中野の仕事場。暗記するほどかけていないから、手帳と首っ引きでダイヤルしなければならない。とりわけ、仕事場にかけるのは今回がはじめてだった。

　ダイヤルを回しかけたとき、例のオバサンたちの席からどっとけたたましい笑い声が起こった。亭主の悪口でも言っているのか。思わず、そちらのほうに目を走らせ、すぐに手帳に視線を戻した。

　気を取り直して、ダイヤルを回す。呼出し音を五回聞いたところで、向こうの受話器の外れる音がした。

「はい。砂村ですが」

　特徴のある細い声が応えた。

「啓文社の的場です」

　怒りを抑えて丁重《ていちょう》な声で言う。

「あら。何か？」

　一瞬、武彦は受話器を握り締めたまま、軽いめまいに襲われた。「あら。何か？」だと。明らかに冷房のきいた部屋にいることがわかるような涼しい声である。

「あら、何かはないでしょう？　ぼくはもう一時間もここで待ってるんですがね」

　さすがに声が陰険な響きを帯びるのは隠せない。

「待つって、どこで？」

ほとんど、無邪気といってもいい声だ。武彦は腹の中で唸《うな》った。ひょっとすると、俺は砂村悦子という女を買いかぶっていたのかもしれないぞ。この期《ご》に及んで、ここまでシラを切る度胸をもった作家は今まで担当したなかにはいなかった。図太いことで有名な某女史でさえ、もう少し後ろめたそうな声を出したものだ。声だけは。

「今日は何月何日でしたか。締切り日をよもやお忘れではありますまいね」

腹がたつのに比例して、口調がバカ丁寧になる。先輩編集者の癖が移ってしまった。

「だって、締切りって明日でしょう？」

新人作家は当然のことのようにそう言った。

「ご冗談を。今日ですよ」

血圧が高くなくてよかった。下手をするとプッツンものだ。

「ちょっと待って」

砂村悦子の声にやっと慌てたような気配があったが、やや間があって、勝ち誇ったような声が聞こえた。

「やっぱり明日だわ。わたしの手帳にはそう書いてあるわよ。六月二十二日って」

「こちらの手帳には今日と書いてありますがね」

「確かに締切りは六月二十二日っておっしゃったわよ」

「六月二十一日と申し上げたはずですがね」

「変ね」

「変ですね」

何が「変ね」だ。そっちが間違えて書き込んだんじゃないか。もしかすると自分のほうが間違えたのかもしれないという考えなど、思い込みの激しい武彦の頭にはチラとも浮かばなかった。まあ、とにかく、これで、砂村が一時間たっても現われない理由はわかった。しかし、問題は原稿である。

「ここで水掛け論をしていてもしようがないので、これから原稿を取りに伺います」

やや高飛車《たかびしゃ》に言った。

「それは困るわ。だって、今……」と相手は言いかけて、「まだできてないんですもの」と続けた。

「できてないって、あとどのくらいですか」

「そうねえ。あと二十枚くらいかしら。明日なら仕上がると思いますけど」

なんとも心もとない声で言う。大丈夫かしらん。まあ、多少サバを読んで締切り日を言ってあるので、明日でも間に合わないことはないが。できてないなら仕方がないか。

「では、明日の二時に、またここでお待ちしています」

「また」というところに念を押して受話器を置いた。

さて、そうとわかったらこんな所に用はない。手早くテーブルの上に広げたものをカバンに仕舞い込むと、席をたった。階段を降りかけると、こちらもやっと重い腰をあげたらしいオバサンたちが嬌声《きょうせい》と地響きをたてて背後から迫ってきた。「邪魔だ」とばかりに、その中の一人に、キリギリスのような痩身を突き飛ばされて、もう少しで階段からころげ落ちるところだった。

（まったく、女というやつは！）

的場武彦は壁にへばりついて、もう一度毒づいた。

2

六月二十二日、午後二時半。

的場武彦は中野駅北口前の横断歩道を熟《う》れたトマトのような顔で大股に歩いていた。背後にサンプラザの白い建物が聳《そび》えている。空はどんよりと曇って、梅雨どき特有の不快指数百パーセントの蒸し暑い日だった。

大学に入るために上京してから十年も住んでいながら、北海道育ちの武彦には、いまだに東京の蒸し暑さが我慢ならなかった。

しかし、武彦が熊をぶん投げた後の金太郎みたいに顔を火照《ほて》らせていたのは、蒸し暑さのせいばかりではない。

（一体、どういうつもりだ？）

またもや、約束の時間が過ぎても砂村悦子は現われなかったのだ。仕事場に電話をかけてみたが、つながらない。留守なのか、それとも居留守でも使っているのか。どちらにせよ、腹が立つ。二度もすっぽかすとは何事だ。いくら年上とはいえ、新人になめられてたまるか。こうなったら、住所を頼りに直接押し掛けてやろう。

歩道脇では赤十字がさかんに献血を呼び掛けている。

俺はＡＢ型だ。ＡＢ型は少ないんだ。蚊に食われただけでも損した気分になるのに、献血なんかしてたまるか！

何を見ても腹がたつ。人の群れを肩で押し分けるようにして、ガード下を抜けると、駅の南側に出た。中野三丁目……。手帳に記した住所からすると、悦子のマンションは駅の南側にあたる。駅から歩いて十分程度と言っていたから、すぐに見付かるだろう。タクシー乗場を左手に見ながら、横断歩道を渡って南口大通り沿いに歩く。右手に丸井のビル。少し行って、細長いビルの手前で右手の細い道に入った。この道は上り坂になっていて、左右に瀟洒《しょうしゃ》な住宅が立ち並ぶ舗道へと続いていた。ここまで来ると、駅前の賑わいが嘘のような閑静さである。

めざすマンションはすぐに見付かった。樹木の陰から七階建ての真新しい白亜の建物が見えた。メゾン・桃園《ももぞの》。まあ、中級程度のマンションだった。正面玄関の両脇にはずらりと赤いサルビアの花が植えられている。自動扉を抜けて中に入った。住人たちのメールボックスが鈍い銀色の光を放って並んだロビーは人気がなく、ずいぶんひっそりしている。玄関を入ってすぐ右手にエレベーター。その隣りに管理人室があった。受付の窓ごしに管理人が出入りする人々のチェックをするようなタイプではない。悦子の部屋は一階の110号室ということだ。一応メールボックスで確認してみた。砂村とネームの入ったボックスはあったが、「おや」と思ったのは、朝刊が差し込まれたままになっていたことだ。よく見ると、昨日の夕刊も差し込まれたままになっている。

砂村悦子は新聞を取り込まなかったのだろうか？　それとも……。

なんとなく不可解に思いながら、武彦は廊下の東端にある110号室の「SUNAMURA」とネームの掛かったドアの前まで行くと、インターホンを押した。応答なし。続けて押したが、いっこうに応える気配がない。ノブを回してみたがロックされている。やれやれ留守か。げっそりしかけたが、すぐに思い返した。待てよ。原稿ができていないので居留守を使っているとも考えられるぞ。しかし、鋼鉄の扉に遮《さえぎ》られて中の気配は全く伝わってこない。居るのか居ないのか。よし、裏に回って見てみよう。手ぶらで帰ってなるものか。まるで借金取りの心境である。

砂村悦子に抱いた好印象はかなりの修正を余儀なくされていた。こんなに最初から手こずらされるとは思わなかった。やっぱり女は女だ。ネクタイを緩《ゆる》め、暑さというよりも憤りからふき出る首筋の汗をハンカチで拭いながら、再び正面玄関の自動扉まで来ると、硝子扉を挟んで、中に入ろうとしている五十年配の和服の婦人と向かい合った。扉が開くと、その婦人は軽く会釈をして、脇を擦り抜けていったが、武彦は思わず振り返った。

あれは……。

婦人の顔に見覚えがあった。砂村悦子によく似ている。シャム猫を思わせる目元などそっくりだ。それに授賞式のときにも見かけたような記憶があった。おそらく、悦子の母親にちがいない。武彦はすぐさまきびすを返して追いすがると、婦人の背中に呼び掛けた。

「あの、失礼ですが、砂村悦子さんのお母さんではありませんか?」

急に呼び止められて、和服の婦人は愕《おどろ》いたように振り返った。不審そうな目で、ネクタイをだらしなく緩めた坊ちゃん顔の男を見詰め返す。

「そうですが……」

「啓文社の的場と申します」

武彦は素早くネクタイを締め直し、上着のポケットから名刺を取り出して渡した。名刺をちらっと眺めて、悦子の母親の目から警戒心が消えた。

「これは、いつも娘がお世話になっております」

深々と頭を下げた。

「あの、実はですね。今日、原稿をいただきにあがったのですが、どうも砂村先生、お留守のようなんで、困っていたところなんですよ」

武彦は少々恨みがましい声でさっそく言った。約束を守らない娘に育てた母親の責任というものも多少はあろう。そんな考えも手伝って、やや八つ当たり気味の口調になった。

「まあ、それは——」と母親は恐縮したように身を竦《すく》め、すぐに「合鍵を持っておりますから、どうぞ、あがってお待ちください」と応えた。

地獄で仏とはこのことだ。ここで悦子の母親に会わなければ、手ぶらですごすご帰らなければならない羽目になるところだった。ン十回めの禁煙に挑戦中とやらで何かと気のたっている編集長にどんな厭味を言われることか。

悦子の母親はハンドバッグの中から鍵を取り出すと、それで扉を開けた。

玄関を入って、まっすぐ狭い廊下が続いている。左手に両開き硝子戸。正面にスチール製のベージュのドアがあった。右手にもドア。中はしんとしている。居留守を使っていると思ったのは武彦の勘ぐりすぎで、どうやら本当に留守らしい。人の気配や物音は全くしなかった。

いかにも引っ越してきたばかりという慌ただしい感じがあった。狭い廊下には段ボール箱が散乱している。婦人はスリッパ立てから、黒とグレーをあしらった真新しい洒落《しゃれ》たスリッパを二足取り出すと、一方を武彦の前に揃えた。

左手の硝子戸を開け、「こちらでお茶でも」と、中に導いた。

そこはダイニングルームで、東側に出窓風の窓があった。むっとするような暑さである。母親は窓を開けた。風のない日なので、窓を開けても蒸し暑さは少しも変わらなかった。ダイニングテーブルも椅子も何もかもが新しい。キッチン道具もまだ買ってきたばかりで包装を解いてないものもあった。悦子の母親はガス台に水を張ったやかんをかけながら、「編集者の方がみえるとわかっていながら、悦子ったらどこへ行ったのでしようねえ」と呟いた。

手早く茶をいれると、土産《みやげ》に持って来たらしい四角い包みを開けた。水羊羹《みずようかん》である。

「冷えてないので、あまり美味《おい》しくないかもしれませんけれど」

母親はそう言ったが、水羊羹が好物の武彦は今までの腹立ちも一瞬忘れて相好《そうごう》を崩した。

「ひょっとすると、原稿はもう出来上がっているかもしれませんわね。仕事部屋をちょっと見てまいります」

母親が茶を一口啜《すす》ったところで、思いついたように言った。そうであればありがたい。ようは原稿さえもらえば、何も悦子の帰りを待つ必要もないのだ。夕方には別の作家と打ち合わせの用もある。そうそうのんびりとお茶を啜っているわけにもいかなかった。

悦子の母親がダイニングルームを出て、すぐだった。悲鳴とも呻《うめ》きともつかぬ異様な声を聞いたのは。武彦は飲みかけたお茶を喉に詰まらせた。慌てて、席をたつと、廊下に出た。正面のベージュのドアが半開きになっている。

「どうかしたんですか？」

そう問いかけて、中を覗き込んだ。戸口のところで、母親が片手を口にあて、飛び出しそうな目をして、部屋のなかを指さした。

南側に窓のある八畳ほどの洋間だった。毛足の短い、目の覚めるようなブルーの絨《じゅう》毯《たん》が敷き詰められている。窓の手前にワープロの載ったライティング・デスクに回転椅子があった。部屋のなかがだだっ広く感じられたのは、まだ家具らしい家具が揃っていないせいだろう。空の本棚が二棹、西の壁に立て掛けられているだけだった。それと、東の壁の片隅に全身を映しだせるシンプルなデザインの長方形の姿見があった。

武彦は部屋の真ん中に転がっているものを見て目を剝《む》いた。白の半袖ブラウスに水色のタイトスカート。俯《うつぶ》せに倒れているのが、顔を見なくても、一目で砂村悦子だとわかった。露出した膚の色はもはや血の通った人間のものではない。まるでマネキンのようだ。死体のまわりの絨毯は巨大な花びらを敷いたようなどす黒い血で染まっていた。そして、その血だまりを踏んだと思われる足跡が、青い絨毯の上に点々と続き、東の壁の隅でプッツリと途絶えていた。

等身大の鏡の前で。

3

すでに腐臭《ふしゅう》が漂っていた。

武彦は背広のポケットから慌ててハンカチを引っ張り出すと、鼻を押えた。吐き気をこらえながら、おそるおそる俯せになった死体に近寄り、硬直した肩に手をかけて（後でよくあんな勇気が自分にあったものだと感心したのだが）、顔を確認した。砂村悦子に間違いなかった。髪が乱れかかり、死斑が現われた顔は一見別人のように相好が変わっていたが、それでも、悦子だとわかった。

白いブラウスの胸もタイトスカートの腹部もぞっとするようなどす黒い血で染まっていた。胸か腹を刺されたらしい。どちらかはわからない。ちらっと見ただけで、とてもそれ以上正視できなくなって目をそらしてしまったからだ。凶器らしきものはどこにも見当たらなかった。明らかに他殺である。

血だまりをうっかり踏んだらしいスリッパの足跡が姿見の前まで続いていた。死体が履《は》いた黒とグレーのスリッパにも血が付いていたが、底はさほど汚れてはいなかった。もう一人この部屋には誰かが居たのだ。その人物が砂村悦子を……。

大変なことになった。思いもよらぬ出来事に遭遇して、頭はかなり混乱していたが、その割りに頭脳はめまぐるしく回転した。

まず一一〇番だ。いや、その前に管理人に知らせるべきか。武彦は、はっと思い出したように、振り返った。悦子の母親は戸口の所に虚脱したように佇んでいた。おそらく、目の前の光景がまだ現実のものだと認識できていないのだろう。泣くことも叫ぶこともせず、ただ虚ろな目つきでボンヤリとしていた。

「悦子さんに間違いありません。誰かに刺されたようです。すぐに管理人に知らせてください。ぼくは警察に知らせます」

そう言うと、母親は漠然とうなずき、フラフラとした足取りで出て行った。武彦は窓際のデスクに近付き、そこにあった受話器を取ろうとした。そのとき、突如として編集者としての職業意識に目覚めた。自分がなぜ、ここに来る羽目になったか、本来の目的を思い出したのである。

原稿！　原稿はどこだ？　書きかけにせよ、どこかに原稿があるはずだ。一一〇番をすれば、ものの五分とたたないうちに警官が駆けつけてくる。殺人事件となれば、当然、現場保存ということになって、この部屋にあるものは絨毯に着いた糸くずひとつ持ち出すことはできなくなる。そうなれば、原稿だって。

そうなる前に、原稿を手に入れてしまおうと考えたのだ。素早い視線を机の上に走らせたが、原稿らしきものはなかった。そうだ。砂村悦子はワープロ党だから、フロッピーだ。ワープロのデッキに差し込まれたままのフロッピーを慎重に抜き取った。中身を画面にうつして確かめたいが、下手にワープロに触ると、指紋が残ってしまう。どうせ部屋中の指紋を採るだろうから、あらぬ疑いをかけられるかもしれぬ。そう考えると、迂闊《うかつ》なことはできなかった。しかし、差し込んだ状態になっていたことから、これに短編の登録がされている可能性は高い。その可能性を信じて、武彦はその3・5インチのマイクロフロッピーを背広のポケットに入れた。

なんとなく万引でもするような気分だった。

それから、受話器を取って一一〇番した。連絡を終えて受話器を置いたとき、慌てふためいた足音がして、管理人が入ってきた。七十年配の痩せこけた、総白髪の老人だった。管理を任されたマンションでとんでもない不祥事が起きたことを知らされたせいか、皺《しわ》の多い染《し》みだらけの亀のような顔が蒼白に引き攣《つ》っていた。

「け、け、け、警察には知らせたんですか」

笑ってるのではなく、緊張のあまりつかえているのだ。

「今、済ませました」

武彦がそう答えると、幾分ほっとしたように、衣紋掛《えもんか》けを思わせる骨ばった肩を落としたが、死体に目を遣って、すぐに目をそらし、「引っ越して来たばかりなのに」と呟いた。そのあとで、はっとしたように、顔をあげ、「このあたりのものに手を触れないほうがいいですよ」と注意した。

「触ったのは電話機だけです」

武彦は答えながら、上着のポケットを片手でそっと押えた。警察が来る前にカバンに移しておいたほうがよさそうだな。まさかと思うが、警官に身体検査をされるかもしれない。

さりげなく部屋を出て、それを実行に移した直後、パトカーのサイレンの音が聞こえた。

4

中野三丁目のマンションで殺人事件発生の知らせを受けたとき、警視庁捜査一課の貴《き》島《じま》柊志《しゅうじ》は阿佐ケ谷《あさがや》の自宅でくつろいでいたところだった。自宅といっても、駅に近いだけが取りえのボロアパートの二階である。

この日、貴島は非番で朝からアパートでごろごろしていた。板橋《いたばし》で起きた強盗殺人がようやく一段落して、やっと骨やすめの時間が取れたと思ったのもつかのま、中野で事件発生の連絡が入ったのである。事件が起きれば非番だろうが休暇中だろうがおかまいなしだ。事件現場に近いものから真っ先に駆り出される。からだを休める暇もなく現場に駆けつけなければならない。

ランニングシャツ一枚の上にワイシャツと背広を引っ掛けるようにして、現場に駆けつけたころには、白亜のマンションの手前には所轄署のパトロールカーや数台の車がただごとならぬ雰囲気を醸《かも》し出して停まっていた。110号室の前には、制服警官がやじ馬を中に入れまいと戸口にたちはだかり、鋭い声をあげている。それを取り囲むようにして、マンションの住人たちが、ひそひそと小声で何か話しあいながら、集まっていた。

貴島は警察手帳を見せて、中に入ろうとした。ちょうどそのとき、中から、目のぎょろりとした色の黒いひどく小柄な刑事風の男に促されて、男が二人（ひとりは痩せこけた総白髪の老人。もうひとりは三十前後のサラリーマン風の男だった）と初老の和服の女性が続いて出て来た。擦れ違いざま、若いほうの男と目があった。色の白い童顔の男である。擦れ違ったあと、貴島は見えない手に後ろ髪をぐいと引かれたように、振り返った。不思議なことに、その男のほうも首を巡らせてこちらを見ていた。が、それはほんの一瞬だった。男はすぐに前を向き、「管理人室」と書かれたドアの向こうに消えた。

「今、出ていったのは？」

身分を証明してから、近くにいた年配の刑事に、たてた親指をヒッチハイカーのようにドアのほうに向けて訊いた。

「死体の発見者ですよ。被害者の母親と、的場という雑誌編集者です」

ようだった。

「雑誌編集者……？」

この呟きは半ば無意識に口から漏れたものだったが、年配の刑事は別の意味にとった

「被害者は砂村悦子という新進作家なんですよ。ここへは引っ越してきてまだ一週間にもならなかったようです。編集者が原稿を取りに来て死体を発見したらしいんです。もっと詳しい話を訊くために管理人室のほうに移ってもらったんですよ」

被害者は引っ越してきたばかりか。

道理で、狭い廊下には段ボール箱が取り散らかっており、部屋全体に住人の手垢《てあか》で汚れていないような真新しい感じが漂っていた。別の言い方をすれば、部屋がよそよそしかった。

このときにはもう、貴島の頭には事件のことしかなかった。

ベージュのドアが開いたままになっている奥の部屋に足を踏みいれた。青い絨毯の真ん中あたりに横たわっていた女の遺体を見たとき、彼はふと、池に浮かんだ溺死死体を連想した。八畳ほどの洋間に敷き詰められた目の覚めるようなブルーの絨毯はまるで澄んだ池の水のようだった。

写真班がフラッシュをたき、鑑識官が仰向けにした死体の上にかがみこんでいた。被

害者の顔は髪が乱れかかり、死斑が浮き出ていたが、生前は美人の部類に属するほうだったのではないかと思わせるものがあった。

初老の鑑識官は、死亡推定時刻は昨日六月二十一日の午後二時から四時にかけて、死因は右脇腹を鋭利な刃物でひと突きされたことによるショック死だと告げた。死体のまわりには黒い巨大な花びらでも敷いたように血だまりができていたが、死体の様子に比較的乱れた様子がないのは、あまり苦悶にのたうちまわることなく、絶命したためだろう。刃物が近くに発見されないことから、自殺という線は考えられない。

「凶器は？」

「傷口からすると、幅四、五センチほどの大型のナイフか包丁ではないかと思うがね。それにこの傷の形状から見て、犯人は被害者と同等くらいの背丈だったようだ。まあ、解剖してみんと確かなことは言えんが」

しかし、ベテランの鑑識官は自信のほどを口調に滲《にじ》ませて言った。傷口の角度によって、犯人の背丈は割り出される。詳しいことは解剖待ちだ。凶行時、犯人が座っていたとは考えられない。現場には回転椅子が一脚あったが、これは南の窓際にあり、被害者の倒れていたところから離れている。それに、もし、犯人が椅子に座っていたなら、返り血が椅子に残っているはずである。

「ホシは左利きですかね」

「たぶんな」と、鑑識は短く答えた。

目の前の者を刺すとき、最も自然なポーズは凶器を利き手で持って腹のあたりで構え、もう一方の手で支えて、体ごと相手にぶつかるというものだ。刺されたのが右脇腹ということは、犯人が刃物を自分の左脇腹あたりで構えたということになろう。つまり、犯人は左利きであるということになる。

犯人は左利きで被害者と同じくらいの背丈である可能性が高い。女か、と貴島は思った。見たところ、砂村悦子は女としては中背くらいに見えた。百六十はないのではないか。犯人が男だとしたら、かなり小男ということになる。

「この足跡は——」

貴島は、青い絨毯の上についていた血の足跡を見て、言葉を呑んだ。奇妙なスリッパの足跡だった。死体の転がったあたりから、部屋の東隅までペタペタと続き、その先でプッツリ途切れているのだ。途切れた先には、長方形の等身大の鏡が壁ぎわに立て掛けてあった。

「ホシの奴、血だまりをうっかり踏んづけたまま、鏡のところまで行ったんだろう。返り血の浴び具合でも見るつもりだったのかな」

鑑識官が言った。

「しかし、戻ってきた痕跡がありませんよ……」

貴島は呟くように言った。足跡は行きだけだった。それもかなりクッキリついていた。にもかかわらず、鏡の前から戻ってきた跡は全く見られなかったのだ。行きほどハッキリしたものでなくとも、血の掠《かす》れた跡くらい絨毯についていてもよさそうなものなのに……。

「どうですか」

絨毯の上に這《は》いつくばって、足跡を調べていた足跡班の鑑識係に声をかけたが、鑑識係は絨毯とキスせんばかりに近付けていた顔をあげて、不可解そうな表情で答えた。

「変です。鏡の前から戻った形跡が全く認められません」

室内の足跡の場合、指紋や戸外の足跡のようにはいかない。絨毯の上などについた足跡については、あくまでも鑑識の勘に頼るしかなかった。

しかも、絨毯の上の入り乱れた足跡がどれが犯人のもので、どれが被害者や発見者のものであるか判別することも難しかった。

「犯人は鏡の前で血のついたスリッパを脱いだんでしょうかね」

戻った足跡らしきものが見られないということは、それしか考えられなかった。犯人はなにゆえか血のついたスリッパを鏡の前で脱いだのだ……？

だが、鑑識の答えは、「裸足《はだし》で戻ってきた痕跡も見られないようですが」という、きわめて奇怪なものだった。むろん、これはあくまでも「そう思われる」という領域を出ない意見ではあったが。

裸足で戻った痕跡も見られない？　犯人は鏡の前まで行ったきり、戻ってこなかったのか？　そんな馬鹿な。鏡が壁に嵌《は》め込み式のものなら、鏡の形をした隠し扉かもしれないという（この思いつきもかなり突飛《とっぴ》なものではあるが）考えもできるが、鏡は嵌め込み式ではなく、壁に立て掛けられているだけなのだ。鏡の前から引き返してこない限り、犯人はこの部屋から出ることはできないはずだった！

このとき、貴島は妙なことに思い当たった。この部屋のベージュのドアのノブに血の跡らしきものが全くついていなかったことに気がついたのだ。真鍮《しんちゅう》のノブは奇麗《きれい》だった。犯人は被害者を刺したとき、かなりの返り血を浴びたはずである。血は周囲の壁などには飛び散っていなかった。これは刺された箇所が腹部であったこともあるが、おそらく犯人のからだが盾の役割を果たしたこともあるだろう。

が、だとしたら、犯人は衣類から両手から血だらけになったはずだ。それなのに、ドアのノブには血の跡がまるで見られない。むろん、ドアのノブに血がついていなかった

「110号室の見取り図」

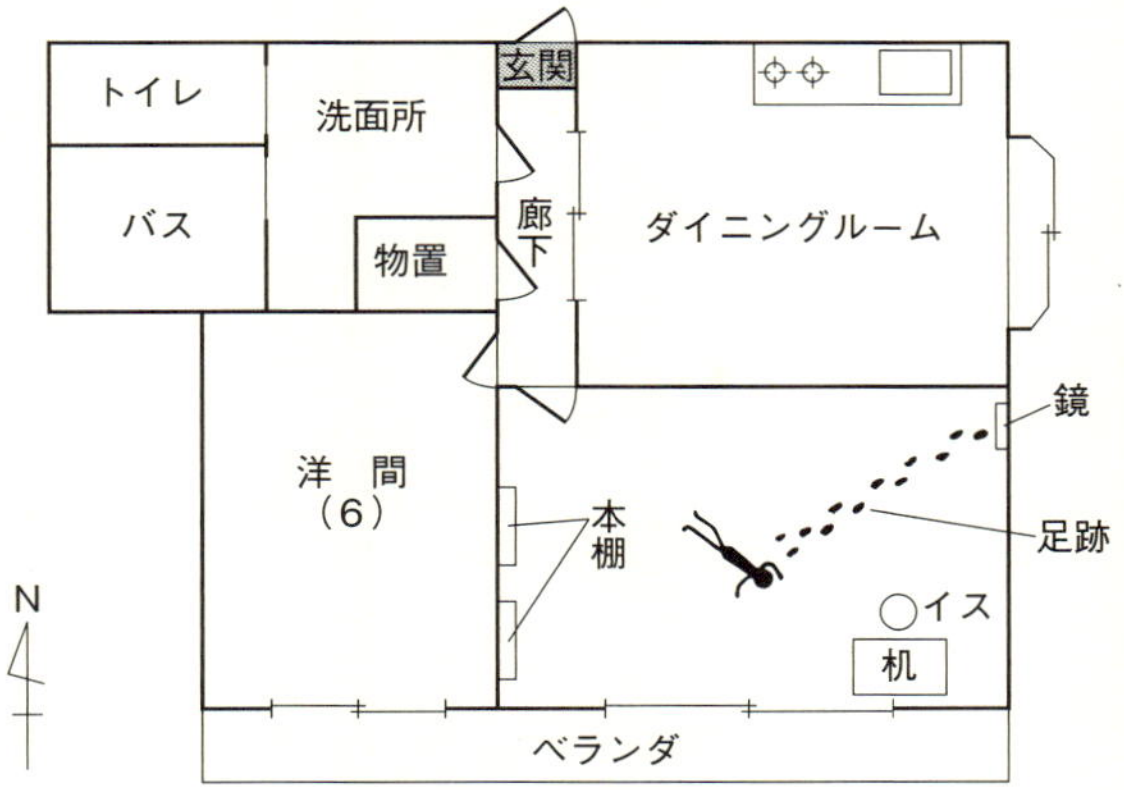

のは、犯行時、たまたまドアが開いたままになっていたか、あるいは、血染めの指紋を残すことを恐れて犯人が後で奇麗に拭き取ったのかもしれないが……。

貴島はその部屋を出ると、バスルームに行ってみた。バスルームは玄関から入って、廊下の右手にあった。クリーム色のドアである。指紋班の仕事の邪魔にならないように、見ると、洗面台にも、乾き切った小さなバスにも血を洗い流したような痕跡は全く見られなかった。犯人は逃げる前に手を洗わなかったのだろうか。これとて、使用したあとで、指紋を残すことを恐れて丹念に洗い直したとも考えられるが……。これについては、あとで指紋班の報告を待つしかない。もし、洗面台からもバスからも被害者の指紋が検出されなければ、犯人が使用後拭き取ったという線が出てくるからだ。

ダイニングルームでも同じことが言える。流しには血の跡らしきものはまるで見られなかった。ダイニングテーブルの上には茶の入った急須と湯飲みが二個。それに水羊羹の菓子折りがあった。真新しい食器棚には、食器のたぐいはまだ充分には揃っていなかった。テーブルに出された湯飲みとお揃いの湯飲みが数個と、グラスが数個、あとは茶碗にお椀。一人暮らしのようだったが、むろん来客用に揃えたのだろう。炊飯器を置いたワゴンの上には、まだ買ってきたばかりで包装を解いていない、包丁があった。安物のスチール製のものである。

引っ越してきてまだ一週間にもならないというから、炊事らしいこともしていなかったようだ。台所の隅のごみ箱には、そのことを証明するかのように、レトルト食品の食べ滓《かす》が捨ててあった。

「ホシは凶器を持ち去ったようです。ここの包丁はまだ包装も解いてないし、大型のナイフらしきものも部屋のなかから見付かりませんから」

台所にいた若い刑事が言った。

「ということは、ホシが凶器を持ち込んだということか」

もし、現場にあった凶器を咄嗟《とっさ》に使ったのならば、指紋を拭って残して行くはずだ。持ち去ったということは、その凶器から身元が割れるおそれがある、つまり、犯人自ら凶器を持参したということになるのではないか。

計画的な犯行か……。

そのとき、廊下のほうで捜査官の戸惑ったような声がした。

「部屋の鍵が見付かりましたよ！」

「え？　どこに？」

「ハンドバッグのなかにありました。内ポケットがほころびていて、その隙間に鍵がうまく滑り込んでしまっていたんです」

「それじゃ、ホシは被害者の鍵を奪ってドアを施錠《せじょう》していったんじゃないのか」

「別の合鍵があったのかもしれませんが」

「発見されたとき、玄関のドアはロックされてたんですか？」

ふたりの捜査官のやりとりから推理して、貴島は思わず廊下に出て口を挟んだ。

「ええ。あの編集者が来たときはドアはロックされていたそうです。ちょうど折りよく被害者の母親と出くわしたので、母親の持っていた合鍵で開けて入ったというのです。それで、てっきりホシが被害者の鍵を奪って外から施錠していったと思ったんですが」

狐のような目をした若い捜査官は手袋をした手に白いハンドバッグを持っていた。覗きこむと、なるほど、内ポケットの布地がほころびていたが、よく見ないと気付かないくらいのほころびだった。

「しかし、その鍵が本当にこの部屋の鍵なのか」

年配のほうの捜査官が疑わしそうに言った。

「確かめてみます」

若い捜査官はそう言うと、手にした鍵を玄関ドアに差し込んだ。鍵はピッタリと鍵穴にはまった。

「間違いありません。ここの鍵です」

貴島はふいに頭をかすめたことがあって、玄関まで行ってみた。そして、そこにあったスリッパ立てのスリッパを調べてから、次に脱ぎ捨ててあった二足のスリッパの裏を見てみた。両方とも奇麗なものだった。残されたスリッパの裏はどれも奇麗だった。

これは一体どういうことだ……？

5

的場武彦はまだショックで頭がボーッとしていた。血生臭い現場を出て、このソファとテーブルを置いただけの殺風景な管理人室に連れてこられても、砂村悦子の死顔が瞼《まぶた》に焼き付いて離れなかった。それにあの腐臭。いまだに胸がムカムカしていた。

しかし、持って生まれた好奇心のほうはいっこうに衰えてはいない。殺人事件の発見者になる。そうそう誰もが経験できることではない。紙の上では日常茶飯事のようにお目にかかっているが、現実となると別問題である。とにかく、見るもの聞くものすべてが珍しく、(××先生の描写はもっともらしく書いてある割りには現実に則してないんだな)とか、(あの刑事はなかなか存在感がある。特徴をよく覚えておいて、人物描写の苦手な○○先生に今度それとなく示唆してやろう)だとか、そんな不謹慎なことをひそかに考えていた。よくよく仕事熱心な男である。子供のころからのミステリー好きが高じて選んだ職種だから、仕事だか趣味だかわからないところがあった。

その「存在感」のある刑事の一人が、今事情聴取にあたっている中野署の倉田《くらた》と名のる刑事だった。歳のころは三十七、八。歯の白さがやけに目立つ真っ黒な丸顔でひどく小柄だった。武彦も小柄なほうだが、その彼が見下ろすくらいだから、倉田の小柄ぶりは半端ではなかった。

そのくせ、体はがっちりしていて、真っ白なスポーツシャツに包まれた胸板はヤワな銃弾など（そんな銃弾はないが）跳ね返しそうな分厚さである。足は、祖母か誰かに始終おんぶされて育ったのだろうか、恐るべきがに股だった。

どことなく、何の装飾もないが、やたらと頑丈な黒い小型のトランクを連想させた。武彦もそうだったが、小柄な男に特有の向こうっ気の強さがグリグリした大きな目玉に現われている。身長の足りない分を気力で補おうとでもいうのだろうか、小さな体に気迫が張《みなぎ》っていた。典型的なサンショウ型である。

まず威嚇《いかく》的な声音で、名前と職業等を訊かれた。それから、このマンションを訪ねてきた理由と死体を発見したときの模様。パトロール警官が駆けつけてきたときに話したことを、またおさらいさせられたところもあった。武彦は澱《よど》みなく答えた。刑事は同じ質問を悦子の母親にもたずねた。このとき、母親の名前が里見充子《さとみみつこ》であることを武彦は知った。充子は娘の仕事場を訪ねた理由については、部屋の整理を手伝うためだったと震える声で答えた。

ややあって、鑑識からの簡単な報告が入った。死亡推定時刻は昨日の午後二時から四時にかけて。死因は右脇腹を鋭利な刃物でひと突きにされたことによるショック死。

死亡推定時刻が昨日の午後二時から四時にかけてと聞いて、武彦は口を挟んだ。

「あの、実は昨日ぼくは午後三時ごろ砂村さんと電話で話しました」

「電話って、あんたがここへかけたのかね、それとも？」

倉田がすかさず目玉をぎょろりとさせて切り込んできた。

「ぼくがかけたんです。というのは……」

昨日喫茶店で待ちぼうけを食わされた事情を詳しく説明した。倉田は「嘘を言ったら承知しないぞ」とでも言いたげな目つきでじっと武彦の目を見据えながら、相槌《あいづち》も打たずに聴いていた。編集者は蛇に睨まれた哀れな蛙のような心境で、刑事の視線をなんとか避けようと、宙を見たり、伏し目になったり、それでも、あまり目をそらしていると怪しまれるのではないかと、慌てて、相手の目をまっすぐ見返したりしながら話し続けた。

「電話に出たのは被害者本人に間違いなかったのかね？」

「間違いないと思います」

「思います、か」倉田が苦笑した。

「間違いないです。砂村さんの声は特徴がありますから。それに、応答の仕方も他人だったら、ああはいかないと思いますね。砂村さんに間違いありませんよ、電話に出たのは」

武彦はムッとして言い返した。

「それが三時ごろというのも間違いないね?」

畳みかけるように訊く。

「間違いないです。正確には、三時五分くらいだったと思います。電話をかける前、腕時計を見ましたし、店にあった時計でも確認しましたから。あ、そうだ。そういえば喋《しゃべ》っている間に、ふとあることを思い出した。ささいなことだったが、記憶の隅に引っ掛かっていたことだ。

「なんだね?」

「いえ、その、たいしたことじゃないんですが」

「たいしたことかそうじゃないか、こっちで決めるよ」

どうも鼻っぱしらの強い刑事である。武彦も顔つきほどおとなしい性格ではないので、いちいち癇《かん》に障る。

「あのとき」と、それでも気を取り直して言った。砂村悦子と締切り日のことで二十一日か二十二日か押し問答した後だった。業《ごう》を煮やした武彦が、「これから原稿を取りに行く」と言うと、悦子は「それは困るわ。だって、今……」と言いかけたのだ。「だって、今……」の後に、間があって、「まだできてないんですもの」と続けたが、あのとき、悦子は本当は誰かが部屋に来る予定になっていることを一瞬言おうとしたのではないだろうか。

悦子は奥の仕事場まで犯人を自ら通したのだ。そこで刺された。犯人は顔見知りである可能性は高い。素人考えでもそのくらいのことはわかる。犯人が無理やり部屋に押し入ったのなら、もう少しそんな形跡が残っていそうなものだからだ。

電話を入れた直後に誰かが訪ねてきたにちがいない。そして、その人物が訪ねて来るのを悦子は前もって知っていたのではないか。そんなことを刑事に語った。

刑事は「ふむ」と腕組みして唸っただけだった。そのとき、管理人室のドアがあいて、細面《ほそおもて》に目の吊り上がった若い刑事が入って来た。

「なんだ？」倉田が若い刑事を見遣ると、狐目は、

「被害者のハンドバッグの中から部屋の鍵が出てきたんです。内ポケットのほころびに滑り込んでいたんですよ」

「それじゃ、なんだ。ホシは別の鍵でドアを施錠していったということか」

「そのようです」

「鍵はいくつ住人に渡してあったんかね」

倉田は管理人に訊いた。老人は「二つ」だと答えた。鍵は全部で三つあり、一つは管理人室に保管して、二つを住人に渡すのだという。砂村悦子はそのうち一つを自分で持ち、もう一つのほうを家族に預けたらしかった。里見充子が持っていたのは、この合鍵のほうである。引っ越してきた日、悦子が管理人の目の前で夫の昌宏《まさひろ》に手渡したのだという。

「ガイシャはあとでもうひとつ合鍵を作ったのかもしれんな。ホシはそれを奪っていったのかもしれん」

倉田はこともなげにそう言った。むろん、武彦が110号室を訪れたとき、まぎれもなく鋼鉄のドアは施錠されていたのだから、四つめの合鍵があったとしか思えない。ひょっとすると、砂村悦子は夫に渡した以外に合鍵を作って、その人物に渡していたのかもしれない……。

武彦がふとそんなことを思ったときだった。またドアが開いた。反射的に目を遣ると、やや俯きかげんで、うっそりとした物腰の、日に焼けた若い男が入って来た。若いといっても武彦と同年配くらいだ。白のワイシャツに明るいグレーの麻の背広。ノーネクタイで、慌てて身につけたのか、ワイシャツのボタンをかけ違えていた。かなり上背がある。そのせいか猫背気味だった。暫《しばら》く床屋の世話になっていないようなボサボサの脂っけのない髪が、少年のように澄んだ大きな目の上に覆いかぶさっていた。さっき、110号室を出たところで、擦れ違った男だ。なんとなく気になって振り返ってしまったのだが……。

男は胸ポケットから警察手帳を見せ、低い声で、本庁のキジマだと名乗った。その一瞬、倉田の目に反感の色がちらっと浮かんだのを編集者の機敏な目は見逃さなかった。

「これはたぶん計画犯罪ですね」

武彦はある感情に気をとられながら言った。

「なぜ?」

「だって、犯人が凶器を持ち去ってるからですよ。もし、カッとなった弾みで凶行に及んだのなら、当然、現場にあった凶器を使うはずでしょう? だとしたら、指紋だけ拭き取って凶器は置いて行くはずです。持ち去ったということは、凶器が犯人が持参したものであることを意味してるんじゃないでしょうか。つまり、犯人は最初から砂村さんを殺すか傷つける目的で刃物を隠し持ってきたということです」

やや、調子に乗って滔々《とうとう》と喋《しゃべ》った。

「なるほどね。なかなかの名推理ですな」倉田はふふんと嗤《わら》った。

「犯人が持ち去ったものはもうひとつありますね」

ふいにそう口を挟んだ者がいた。例の長身の若い刑事だった。

この男をはじめて見たとき、武彦は心の奥底を揺さぶられるような得体の知れない感情に襲われた。どこかで会ったことがある。そんな強い確信が胸に湧きあがったのだ。だが、すぐには思い出せなかった。しかし、どこかで会った……。遠い昔に。

この猫背ぎみの並みはずれた長身。切れ長の、捨てられた子供のような目。この顔。この名前。どこかで……。めまいをともなったデジャ・ビュのような感覚だった。たまらなく懐かしい。でも、思い出せない。

本庁から派遣されてきた長身の刑事の発言に、小柄な倉田は明らさまに挑戦的な目をぐいと向けた。その目に応えるように、刑事は言った。

「スリッパですよ。犯人が履いたスリッパがなくなっています」

スリッパ！

そうだ。スリッパだ。武彦は110号室の玄関に脱ぎ捨ててきた黒とグレーの縞のスリッパのことを思い出した。

「犯人はスリッパを履いたまま被害者の血を踏んで鏡の前まで歩いています。それなのに、底に血の付いたスリッパがどこにも見当たらない。どうやら犯人が持ち去ったようです。それにしても、なぜスリッパまで持ち去ったのか……」

長身の刑事は言った。すると、倉田が「なんだ」というように鼻を鳴らした。

「べつに謎でも何でもないだろう。ホシは素足だったのかもしれない。ビニールのスリッパだから足紋がバッチリ残る。それを恐れて持ち去ったんだろう」

あっさりと言った。もちろん、その可能性は考えられる。非常に用心深い犯人なら、そのくらいのことはするかもしれない。

長身の刑事は納得したように頷いたが、「もう一つ疑問点があります。犯人は凶行後、鏡の前まで行っています。なぜ、そんなことをしたのか」と続けた。倉田刑事は、「そんなこともわからないのか」という目つきでキジマを見上げた。下から見下ろす、そんな目つきだった。

「ホシは真っ正面からガイシャの腹部に刃物を突き立てたんだ。相当の返り血を浴びたはずだ。返り血の程度を見るために鏡の前まで行ったんだろう」

「鏡の所まで行った理由はそうかもしれない。しかし、妙なのは、鏡の前まで行った足跡は残っていても、戻った足跡が絨毯の上に付いていないということです。行きほどハッキリとしたものでなくとも、かすかにでも血の跡が残っているはずですがね、もし、鏡の前から戻ってきたのだとしたら」

「鏡の前でスリッパを脱いだのかな……」

今度はさすがに倉田も曖昧な口調で呟いた。

「なぜ、スリッパを脱いだのでしょうか？」

キジマに畳み込まれて、倉田は「うーん」と目を剝き、しまいには「俺が知るか、そんなこと」と言い捨てた。

「自分の履いたスリッパを持ち去るくらい、用心深い犯人なら、現場でスリッパを脱ぐようなことをするでしょうか。もし、犯人が素足だったら尚更です。せっかくスリッパを持ち去っても、廊下を素足で歩いたら足紋を残してしまいます。そんな危険を冒すよりも、スリッパを履いたまま玄関まで出て、そこで脱いで持ち去ったほうがいい。だが、そうはしていない。絨毯にも廊下にも血の跡が全く見当たりませんからね。まるで」

と言いかけて、キジマは言い澱んだ。そして、口笛でも吹くような口つきをして黙り込んだ。

「まるで、何だっておっしゃりたいんですかね」

「いや」

「犯人は鏡の前で煙のように消えたとでも、おっしゃりたいんですかね」

倉田はそう言って、へっへっと笑った。

しかし、キジマは笑わなかった。それどころか、考えこみながら、大真面目な顔でこう呟いた。

「鏡の前で消えたというより、まるで鏡のなかに入って行ったというようです」

6

その夜のことである。的場武彦は江古田《えこだ》にある自宅のワープロの前で腕組みしながら、セットした感熱紙がプリントアウトされてくるのを苛々《いらいら》した目つきで見詰めていた。

自宅といっても、２ＬＤＫのアパートである。半年前に結婚し、新妻の敦美《あつみ》と二人ぐらし。子供はまだない。敦美は結婚してから勤めを辞めて、殊勝にも専業主婦に甘んじていた。武彦がやっと警察から解放され、いったん社に戻ってから、一刻も早く今日の体験を話してやろうと、それこそ伝書鳩よろしく飛ぶようにして帰ってきたというのに、遊び癖の抜けない若妻は、暇をもてあましたのか、どこかに遊びに出掛けて留守だった。

伝言用に使っているミニ黒板には、「お友達と飲みに行ってきます。ごはん、先に食べてていいよ。アツミ」とあった。

馬鹿たれが。亭主が外で汗水たらして働いてきたというのに、三食昼寝つきが、「お友達と飲みに行ってきます」とは何事だ。

むしゃくしゃしながら、汗で濡れたワイシャツを引き千切るようにして脱ぎ、シャワーを浴びると、軽い夕食を独りでとった。妻が居ても居なくても、夕食のメニューにさほど変わりはない。ほとんどが電子レンジで温めるだけというシロモノだ。そもそも冷蔵庫にはこの手の冷凍食品とレトルト食品しか保存してない。冷蔵庫を開けると、山奥でキャンプでもしているような気分になる。

結婚したてのころは、それでも妻の手料理なるものにひそかな期待をかけていた。しかし、ある日、敦美が「今夜は天麩羅《てんぷら》よ」と張り切って、煮えたぎっている天麩羅鍋から一メートルも離れた所から、分厚い衣をつけた野菜を輪投げのように放り投げるのを見て（油がはねるのが怖いのだそうだ……）、妻の料理の才能に早々と見切りをつけた。

夕食を済ませると、さっそく、ワープロの前に陣取って、砂村悦子の部屋から持ち出してきたフロッピーをセットした。武彦が使っているのは、幸いにも型こそ違うが、同会社のものだったので、互換性がある。

古い型のせいで、どうもプリントアウトの機能がおそい。やっと、印字された紙をひったくるようにして目を通した。

Ａ４の感熱紙にして八枚あった。40字40行で書いてあるから、４００字詰め原稿用紙に換算して、およそ三十枚程度だ。依頼したのは八十枚だから、まだ半分も書きあげてなかったことになる。他のフロッピーに残りが登録してあるとは思えない。電話では、「あと二十枚くらい」なんて言っていたが、相当残りの枚数をサバを読んでいたようだ。もっとも、武彦のほうだって、締切りのサバを読んで伝えてあったから、お互い様ではあるが。

タイトルは『ミラージュ』とあった。

子供のころ、私は大きなお屋敷に住んでいた。昼でも暗い。それが脳裏に焼き付いた、その屋敷の印象だった。黒光りする長い廊下。廊下に沿って並ぶ襖の褪めた金箔の煌き。古びて煤けた天井の梁。廊下の果てにあるご不浄には絶対にお化けがいると信じていた。

………

あっという間に読み終わり、その内容に武彦は愕然とした。

それは作者を思わせる少女の思い出から始まっていた。幼いころの嫉妬によるひそかな殺人。その体験が引き金になった思春期の鏡に対する恐怖。そして、とうとうある日、鏡の中の自分《アイ》が「復讐」の宣言をする……。

そこで話は終わっていた。明らかに未完である。砂村悦子はこの後どう話を展開するつもりだったのか。まず、編集者らしい興味が湧いた。

だが、そのことよりも、武彦を愕かせたのは、悦子の殺され方が小説の内容と妙に符合していることだった。ちょうど、彼女が小説に書こうとしていたことが、紙の上ではなく現実に起きてしまったというように。

これは偶然の一致だろうか？

昼間、キジマと名乗った長身の刑事が呟いた言葉を思い出した。「鏡の前で消えたというより、まるで鏡のなかに入って行ったというようようです」

そんな馬鹿な。

砂村悦子は鏡のなかの自分《アイ》に殺された？

馬鹿げた妄想だと思いながらも、武彦はあることに気付いて、あっと声をあげた。悦子は右脇腹を刺されたのだ。ということは、犯人は左利きということになるのではないか。しかも、犯人が刺すとき立っていたとすれば（むろんそうに決まっている）、犯人の背丈は悦子自身の背丈とあまり変わらないということになり……。

悦子と同じ背丈で、しかも左利き。それはまさに犯人が彼女の鏡像であることを意味している？

砂村悦子の鏡像が鏡から抜け出した？　まるで「プラハの大学生」じゃないか。幻想小説じゃあるまいし。武彦は、このあまりにもファンタスティックな思いつきをすぐさま否定した。ファンタジーは好きだったが、現実と混同するほどロマンチストではなかった。

しかし、この書きかけの短編が今度の殺人と何らかの関係があることは否定できない。こんな偶然があるわけがない。いちばん納得の行く考えは、犯人がこの小説を読んでいたということだ。そして、なにゆえかはわからないが、小説どおりの怪奇的な扮装《ふんそう》を施したということである。犯人が鏡の前まで行ったのは、返り血の具合を見るためではなく、最初から怪奇的な殺人に見えるよう、わざと血の足跡を付けたのかもしれない。

それにしても、なんのためにそんなことを……。

ここまで考えてきて、武彦はあることに気が付いた。この小説が今度の事件の重要証拠になりうるということだった。殺人と小説の間には関係がある。犯人を割り出す手掛かりがこの小説にあるかもしれないのだ。そんな大事な証拠品を自分は勝手に現場から持ち出してきてしまった。

もし、これが警察に知れたら……。何らかの処罰を受けるだろうか。そんな不安が頭をもたげてきた。今からでも遅くない。事情を話して警察に証拠品として提出すべきではないだろうか。

そんな善良なる一市民としての義務を痛感しながらも、同時に、いかにも編集者らしいシビアな考えにもとらわれていた。この未完の短編を雑誌に発表すれば、大変な反響を呼ぶだろうということだ。若い（？）美貌の新人作家が小説に書いたとおりの殺され方をしたのだ。ひょっとすると、かの「三島《みしま》事件」以上のセンセーションを巻き起こすかもしれない。

いろいろな意味での興奮が体の底から湧きあがってきて、気を鎮めるために、震える手を煙草に伸ばした。

煙草に火をつけたときだった。部屋のドアが盛大に開いて、いつ帰ったのか、敦美が顔を出した。

「たらいまァ」

赤い顔をして、だいぶご機嫌のようである。妻の酔態を見るのは今日に限ったことではないから、さほど驚きもしない。同居をはじめた当初はかなりショックだったが。生涯の伴侶として選んだ女がアル中と言い換えてもいいほど呑んべえだとは夢にも思っていなかったからだ。

「お酒は？」

「たしなむ程度」

最近の若い女性が、一晩でウイスキー一本かるーく空けてしまうことを「たしなむ程度」と言うのを、迂闊《うかつ》にも彼は知らなかったのである。付き合っていたころは、自分が呑まない方だから、あまり酒場のたぐいには連れて行ったことがなかった。もし、連れて行っていたら、今ごろまだ独身だったかもしれないな、とときどき思うことがあった。

背中まである髪をポニーテールにして、白のTシャツにスリムのカラージーンズ。幼稚園児みたいなポシェットとやらを首っ玉からぶらさげている。左手の薬指を見なければ、これが二十六歳の人妻だとはお釈迦様でも気が付くまい。せいぜい脳天気な女子大生くらいにしか見えない。

「あらあ。お仕事？」

ワープロの前であぐらをかいて難しい顔をしている夫の顔を、酒臭い息を吹きつけながら覗き込んだ。

「妻の酒代を稼ぐためには休む暇なく働かなくちゃね」

「AB型って、そういう厭味《いやみ》を言うからかわいくない」

「働けど働けど、わが暮らし、楽にならざり。じっと空の酒瓶を見る」

「失礼ね。女には女の付き合いというものがあるのよ」

　そう言いながら、背後から抱きついてきた。抱きつくと言うと新婚さんらしくて聞こえはいいが、正確には柔道でいう送り襟絞めの技を仕掛けてきたと言ったほうがよい。敦美はスリムなボディから想像もつかないことだが、学生時代からずっと柔道をやっていたのだそうだ。自分よりも体格の良い大女を一本背負いで投げ飛ばしたこともあるという。夫婦喧嘩のとき、武彦がどんなに逆上してもけっして腕力に訴えないのは、敵の腕力をいたずらに誘発することを恐れているためである。ささやかなビンタのお返しに壁に投げ飛ばされて背骨をバラバラにされたのでは割りがあわない。

「静岡《しずおか》から中学時代の同級生が上京してきたの。昼間、電話をもらってなつかしくって」

「ああ、そうかい」

　敦美は静岡の産である。

「彼女、郷里で結婚したんだけど、今度ご主人が東京に転勤になってねえ……」

　妻が喋っている最中だった。武彦は突如記憶を甦らせた。中学の同級生。転勤。この二つの言葉がボンヤリと霞《かすみ》を被《かぶ》っていた昔の記憶を鮮やかに思い出させた。

あの男！　昼間、会った、あの長身の刑事。どこかで会ったと思ったら、北海道時代に会っていたのだ。函館《はこだて》の中学に通っていたころだった。あれは確か二年の秋だ。ほんの短い間だったが、机を並べたこともある。

あいつ。あのころからずば抜けて背が高かった。そして、それをもてあましているように見えた。自分の殻に閉じこもっているような、あの目も変わっていない。

ある日、教師が彼を皆に紹介した。彼は身の置き場のないような様子をして、うどの大木のように突っ立っていた。結局、クラスに溶け込めなかった。いつ見ても独りでいたようだ。よそ者として敬遠されたせいもある。だが、彼のほうから距離を置いていたようにも見えた。あのころ、話らしい話をしたのは自分だけではなかっただろうか。それも、そんな深い付き合いでもなかった。三年になってクラスが替わって、それっきりだった。

しかし、不思議に忘れなかった。ほんの一時擦れ違っただけなのに、妙に忘れ難い人間がいる。彼はそういう人間の一人だったのかもしれない。

貴島柊志。

南の果てから来た転校生だった。

Ⅲ章　再　会

1

有楽町《ゆうらくちょう》線を護国寺《ごこくじ》で降りて、地下鉄の階段を這い上がり、ふと目を遣《や》ると、すぐ頭上に啓文社の七階建ての白いビルが聳《そび》え立っている。

二十年という歳月に耐えた、それなりに風格のある建物である。一階は営業部。二階が月刊雑誌・漫画雑誌の編集部と宣伝部。三階は書籍・ノベルス等の編集部。四階は総務・経理部。コンピューター室と役員室もこの階にある。五階から七階まではクイーンレコードになっている。

その二階のぶちぬきの広いフロアの片隅が、小説エポックの編集部だった。編集長を入れて部員は十名。が、雑誌や原稿が乱雑に積み重ねられたデスクにはかなり空きが目立つ。たいていが作家やイラストレーターに会うために外に出ているのだ。

　六月二十五日、月曜日の午後。

　デスクの電話が鳴った。

　ゲラ、原稿、雑誌、書籍等で築きあげた城壁に顔を隠し、肩をすぼめるようにしてワープロのキーを叩いていた速水辰雄《はやみたつお》は手探りで受話器を取った。

「はい。小説エポック編集部！」

　まだ学生のアルバイトのようにしか見えない速水は、「はい、はい」と頷いたかと思うと、ひょいと童顔をあげた。

「的場さん。受付から。下に刑事が来てるそうです」

　斜め前のデスクに座って、こちらも雑誌の山に顔を隠すようにして原稿を読んでいた的場武彦にそう呼びかけた。

「おいでなすった。例の件じゃない？」

　回転椅子を左右にギーギー鳴らしながら、独りだけ暇そうに煙草を吹かしていた副編集長の向田《むこうだ》がすかさず言った。例の件とは、むろん、砂村悦子の事件のことだ。ついさっきまで他の部まで巻き込んでこの話でもちきりだった。仕事どころの騒ぎではない。やっと話のネタが途切れて一段落ついた矢先だった。

ここには新人作家の不慮《ふりょ》の死を悼《いた》む空気は微塵《みじん》もない。一作家の死の重さをひしと感じるには、もう少し長い付き合いが必要だった。砂村悦子は彼らにとって、生身の人間というより、鮮度の高い商品にすぎなかった。だから、あるのは、社をあげてこれから売り出そうと大いに期待をかけていた商品の一つをなくしたという喪失感と、それ以上に、砂村が事故や病気で死んだのではなく、殺されたのだという刺激的な事件へのマスコミ人らしい旺盛な好奇心だけだった。

武彦はだらしなくはみ出していたワイシャツの裾をズボンにたくし込みながら立ち上がった。禁煙パイプを憮然とした表情でおしゃぶりのようにくわえていた初老の編集長に、「ちょっと行って来ます」というように目で挨拶すると、そそくさと編集部を後にした。

エレベーターを使うより、階段を駆け降りたほうが早い。厚化粧の女性がデンと構えている受付を通り抜けた奥に広い応接室があった。硝子扉を体ごと押すようにして、中に入ると、向こうでもすぐに気付いて、ソファから立ち上がった。

立ち上がると、二人の刑事の身長差が厭でも目につく。電信柱のそばに小型のトランクが置き忘れてあるようだ。まるで漫才のコンビだな。武彦はこみあげてくる笑いを必死で押えた。

小さいほうが、例の所轄署の倉田という鼻っぱしらの強い刑事だ。もう一人が貴島だった。

「お仕事中、恐れ入ります」

貴島が丁重にまずそう言った。武彦に向けられた双の目には特別の感情は何も浮かんでいなかった。担当した殺人事件の発見者に会う、という職務的な色しかない。忘れてしまったのか。無理もない。十五年も昔のことなのだ。しかも、無二の親友だったというわけではない。二、三度、放課後、机や椅子の見分けがつかなくなるころまで、教室の明かりをつけるのも忘れて話し込んだ記憶があるだけで、互いの家を訪ね合うこともしなかった。貴島がどんな家庭の子供で、親のどんな都合で鹿児島からよりにもよって函館に転校してきたのか、その理由さえ聞かなかった。話したことといえば、ただ一つ。家のことでも、学校のことでも、勉強のことでもなかった。それは……。

忘れているのが当たり前だ。思い出すほうがどうかしている。武彦はそれでもなぜかがっかりしながら、ソファに座った。

「なにか、まだ?」

煙草をくわえながら訊く。たとえ、相手の一方が昔馴染《むかしなじ》みにしても、こうして刑事に取り調べられるというのは、緊張を強いられるものだ。まして、彼には少々後ろめたってなかった。

いことがある。あのフロッピーの件である。編集長にだけは話したが、まだ警察には言

「実は、二、三、伺《うかが》いたいことがありまして」

一瞬、ぞくりとするような鋭い光が貴島の目に浮かんだ。刑事の目だ。いや、こいつは昔からときどきこういう目をした。もの悲しげな、柔和とも言える目だったが、何かの拍子に、別人のような怖い光を帯びた。が、それは光線の加減か、見間違えかと思うほど瞬時のことで、次の瞬間には、元の柔和さに戻っていた。

「と、言いますと？」

武彦はそう言いながら、じっと自分を睨みつけている倉田の視線を火のように感じた。疑っている？　俺を？

「六月二十二日に砂村悦子さんの部屋を訪ねた理由をもう一度聞かせていただけませんか」

それが何だって言うんだ。貴島の何か思惑ありげな落ち着いた口調に、漠《ばく》とした不安がこみあげてくる。

「ですから、あの日は砂村さんに依頼してあった短編の締切り日で、最初は喫茶店で待っていたのですが、約束の時間が過ぎても現われないので、しかたなく、お宅を訪ねた

んです。それで」

「つまり、原稿を受け取りに行ったというわけですね？」

武彦の話を遮るようにして、貴島は念を押した。

「そうです」

「それで、その原稿はどうされました？」

「は？」

「死体を発見されて、原稿どころではなくなったのでしょう？」

「ええ、まあ……」

「とすると、結局、短編の原稿は手に入らずじまいということになりますね。あなたの話だと、警察に連絡してすぐに現場保持がなされたわけですから」

「え、ええ……」

やはり、あのことを切り出すべきではないか。武彦は迷いながら口ごもった。

「となると、大変ですね。雑誌のほうに穴があいてしまうのでは……？」

「いや、それが……」

武彦は背広のポケットからハンカチを取り出して額の汗を拭った。しまった。ここに来て、はじめて貴島の思惑に気が付いた。一種の誘導尋問だ。あの短編は未完ながら次の号に掲載される予定になっている。雑誌の売れ行きを大幅に左右するであろう、あんなオイシイ短編をボツにするわけがないのだ。だが、あの雑誌が発売されれば、武彦がついたささやかな嘘がばれてしまう。原稿を手に入れてないと言いながら、実際には手に入れていたことが。

頭のなかで素早く考えながら、武彦はぎょっとした。まずい。もし、警察が来月あの短編の載った雑誌を読んだら！　武彦があの短編をいつ手に入れたのか当然疑問に思うだろう。

「どうも、腑《ふ》に落ちないのは、砂村さんの部屋を捜索しても、短編の原稿らしきものがどこからも発見されなかったことなんですよ。むろん、ワープロのフロッピーも全部調べてみました。締切り直前まで、砂村さんは何も書いていなかったのでしょうかね」

ああ、万事休す。切り出すとしたら、今しかない。これ以上、嘘をつくと、嘘が嘘を呼んで雪だるまのように転がり、とんでもないことになる。そう状況判断するだけの知恵が武彦にはあった。が、どうも切り出しにくい。

「ただ、妙なことに、あの部屋にあったワープロのリボンカセットを調べてみたら、小説らしきものを印字した痕跡が残っていたのです。砂村さんは原稿を書いてはいたようなのです。が、その原稿がどこからも見付からない」

「ちょ、ちょっと待ってください。ぼくが持って来たのはフロッピーだけです！」

武彦は思わずそう叫んでしまった。

「やっぱり、あんたか。困るじゃないか。勝手なことしてもらっちゃ」

倉田が嚙みついてきた。

「そんなこと言ったって。こっちだって仕事なんですから。子供の使いじゃあるまいし、手ぶらで帰るわけにいかなかったんですよ。だから、死体を発見した後、砂村さんのお母さんが管理人を呼びに行っている間に、その、ワープロからフロッピーだけを失敬したんです……」

「フロッピーだけ？　原稿もあったはずだが」

貴島が考え込みながら訊いた。

「原稿はありませんでした。本当ですよ！　ここまで話したんだから、もう嘘言ってもしようがないでしょう。ぼくが持ち出したのはフロッピーだけです」

武彦はきっぱりと言った。さあ、これで何もかも話したぞ。矢でも鉄砲でも持って来い。

「そのフロッピーの内容はどんなものでした？」

「案の定、うちで依頼した短編でした。タイトルは『ミラージュ』といって、原稿用紙に換算して三十枚ほどのものです。未完でした。こちらが依頼した枚数は八十枚でしたから」

「どうやら、カセットリボンに残っていたものと同じ内容のようですね。やはり、いったん印字していたらしい。その原稿がないということは、砂村さんが自分で破棄したか、あるいは犯人が持ち去ったかということになりますが」

「とにかく、ぼくはその原稿についてはは何も知りません。ぼくが見たときは、机の上には原稿らしきものは何もなかったんです」

武彦はもう一度繰り返した。

「ところで、もう一つ伺いたいのですが、六月二十一日の午後三時ごろ砂村さんと電話で話したというのは間違いありませんか」

貴島はちょっと黙ってから、尋問の矛先《ほこさき》を変えた。

「間違いありません」

またこの話かとうんざりしながら、武彦は答えた。むろん、あの日の午後三時ごろ砂村悦子がまだ生きていたかどうかということは、捜査の上できわめて重要な点だから、何度も念を押す気持ちはわかるが。くどいことが大嫌いな武彦としては辟易《へきえき》する。口調もつい投げやりになった。

「くどいようですが、電話に出たのは砂村さん本人に間違いなかった？」

訊くほうも「くどい」ことは自覚しているようだ。

「間違いないです。前にも言ったように、砂村さんの声は特徴があります。一度聞いたら忘れません。話の仕方だって、違和感は全くなかったです。他人が彼女の振りをしたなんてことは考えられませんよ」

「では、もう一つ。六月二十一日の午後三時から四時まで何をされていましたか？」

「ぼくですか？」

貴島は黙って頷いた。アリバイってわけか。やはり、容疑者の一人に数えられているらしい。死体の発見者を疑えというのはミステリーの世界でも常識になっているから、そう驚きもしないが。それでも、あまり気持ちのよいものではなかった。

「だから、三時ごろ、砂村さんのところに電話をかけた後、彼女が現われない理由がわかりましたので、長居は無用だと思ってすぐに喫茶店を出ました。それで、そのまま社に戻ってきたんです。正確な時間は覚えていませんが、四時前には社に戻ってました。それは編集長にでも誰にでもお訊きになってください」

「社に戻る途中でどなたか会われた方は？」

「いや。誰にも。ぼくを疑ってるんですか」

つい声を張り上げた。もっとも、本気で怒ったのではなく、多少は演技である。テレビドラマなどでは、アリバイを訊かれた人物がたいてい判で押したように、眉を吊り上げてこういうセリフを吐くと相場が決まっているからだ。的場には少々芝居っ気もある。

「いえ、そういうわけではありませんよ。単なる確認です」

みんなそう言うんだよ、警察は。

「さらに、もう一つ。二十二日に砂村さんの部屋を訪ねたとき、ドアが施錠されていたというのは間違いありませんね？」

もう一つ、もう一つって、一体幾つ訊くんだ。しかも一度喋ったことばかり。

「間違いありません。折りよく、砂村さんのお母さんと出会って、合鍵を持っておられたので、それで開けてもらって中に入ったのです」

「わかりました。伺いたいことはそれだけです。どうも、お忙しいところ失礼しました」

そう言われて、武彦はやれやれと、煙草とライターをワイシャツの胸ポケットにしまい込みながら立ち上がりかけた。そこを追い討ちをかけるように、貴島が言った。

「あ、そうだ。お手数ですが、例のフロッピーをお渡し願えませんか」

「遅ればせながらお願いしますよ。あんたがベタベタ触ったあとでは、もう証拠能力はないがね」

倉田が唸るように言った。

「じゃ、今、取ってきます」

倉田の皮肉にむかつきながら、武彦は応接室を出ると階段をイナゴのようにピョンピョン駆け昇った。仕事場が二階ということもあるが、もともとエレベーターが嫌いな男だった。来るまで待っているのがイライラするし、あの密閉感がたまらない。そのおかげで入社以来、太る心配だけはしなくて済んだ。

フロッピーを持って戻ってくると、二人の刑事はすでに応接室を出て、受付のあたりで待機していた。証拠品を手渡すと、「どうも」というように片手をあげて、刑事は玄関のほうに向かった。

武彦はそれを見送りもせず、すぐに階段を再び昇りかけた。数段昇りかけたときだった。突然、背後から呼び掛けられた。振り向くと、貴島が階段の下で見上げていた。

まだ、何か用なのか。いったん、帰る振りをしてまた何か訊く。刑事コロンボみたいな奴だな。そのしつこさにうんざりしながら、「何か、まだ用ですか」と武彦は不機嫌な声を出した。

しかし、貴島は囁《ささや》くように一言いっただけだった。

「あのころとちっとも変わってないね。的場武彦君」

それだけ言うと、にやりと笑って、背中を向けた。茫然と階段の途中で立ち尽くす武彦を尻目に、振り返りもせず、大股で立ち去った。

その明るいグレーの後ろ姿から、菖蒲《しょうぶ》の葉をちぎったときのような鋭い香気が一瞬立ちのぼった気がした。ふいに感じた幻の匂いは彼が立ち去った後も薄暗い階段に爽やかに尾を引いていた。

あいつ。覚えていたのか……。

ふいに熱いものが胸にこみあげてきた。

2

三つ子の魂百までもか。

デスクに戻って原稿読みに集中しようとしたものの、武彦の思いはややもすると悪筆で有名な某流行作家の原稿を離れて過去をさまよった。

当時、南から来た転校生と時のたつのも忘れて語り合ったのは、そのころ夢中になりはじめていた推理小説のことだった。貴島が退屈で定評のある社会の時間に、教科書をたてかけた陰で某推理文庫を読み耽っているのに目ざとく気付いた武彦が、ふと興味を感じて休み時間を待って話しかけたのがきっかけだった。鼻の下にあるのは飾りかと思うほど無口だった転校生は好きな話題になると人が変わったように多弁になった。

口が達者なことにかけては子供のころから人後に落ちない武彦だったから、負けずにやりかえす。つい時がたつのも忘れてしまう。ミステリーの好みは微妙に違っていた。武彦は論理重視のいわゆる本格物よりも、テンポやムードのあるサスペンス物やハードボイルドのほうが好きだった。せっかちな性格だから、ダラダラした説明の長い本格物はどちらかといえば苦手で、うんざりしながら三分の一ほど読み進み、どうにも我慢ができなくなってエイッとばかりに最後のページを開き、犯人の名前を探し当て、「なんだ、こいつか」とそれでもう全部読んだ気になってしまうという、今から考えると本格物の作家が聞いたら頭を抱えて泣き出すような酷《ひど》い読み方をしていた（こういう読者は今でもかなりいるのではないだろうか……）。だから、傑作と評判のクイーンの某作品にしてもどこが面白いのかさっぱりわからなかったくらいだ。

それにひきかえ、貴島柊志のほうは根っからの本格愛好家のようだった。クイーンに対する武彦の低すぎる評価に、「それは酷いな」と苦笑し、「読み方を間違っているんだよ、きみは」と言った。

この転校生に一目置くような気持ちがなかったら、クイーンを読み返すこともせず、本格物の面白さに目覚めることもなかっただろう。貴島の一言が武彦にミステリーの世界のもう一つの扉を開けさせたのだ。水と油のようなシロモノをミステリーという一つのかっこでくくった、いわばごった煮の世界を本当に楽しむには、タイプごとに頭を切り替えて読むしかないということを彼は幸いにしてこの年齢で知ったのである。

とはいうものの、武彦の本来の好みはやはりハラハラドキドキのサスペンスタッチのものにあるのに変わりはなかったが。

それにしても、顔を突き合わせればミステリーの話ばかりしていた中学生が、十五年後、再会してみたら共にミステリーに無縁ではない職業に就いていたとは。一方はミステリー作家担当の雑誌編集者。今一方は刑事である。おまけに再会のきっかけが殺人事件ときた。これを奇縁と言わずしてなんと言おう。もっとも、武彦のほうは今も変わらず絵空事の世界であくせくしているというのに、あちらは血生臭い本物の殺人事件を日夜扱っている。ちょっぴり差をつけられたようで癪《しゃく》な気もしないでもなかった。

子供のころの印象では、刑事などに最もむいていないタイプに見えたが。独りで背中を丸めてひっそりと本でも読んでいるのが好きなタイプに見えた。ただ、思えばあのころからただのひ弱な文学少年ではない雰囲気はあった。もの静かだが、どこかヒヤリとする鋼《はがね》のようなものが体の芯にある。そういう感じだった。彼の家のことや何かを訊かなかったのは、推理小説という魅力的な話題が他にあったからだが、貴島の態度にそういう話題を極力避ける何かがあったことも事実だ。

今でも強烈に覚えていることがある。あれは授業参観の日だった。うしろにずらりと並んだ地味でくすんだ母親たちのなかで、ひとり、異彩を放っている女がいた。四十年配の小柄で痩せぎすの、真っ赤な唇をした女だった。その女が廊下の隅で彼と熱心に話し込んでいたのを見た。女の背は向かい合った少年よりも低かった。あとで、「きみのお母さん、派手だね」と冷やかすと、彼は冷ややかな目になって、「母親なんかじゃないよ」と言った。「じゃあ、まさか姉さんとか？」女の態度は身内のように親しげだった。母親でなければ、歳の離れた姉貴か。女は疲れた膚をしていたが、顔立ちは幼いといってもよく、もっと若いのかもしれなかった。しかし、貴島の返事は頑《かたく》なだった。「違うよ」「誰さ？」「誰だっていいだろう。きみに関係ないよ」何気なく肩に置いた手を凄い勢いで払いのけられたような気がした。あれ以来、なんとなく家庭のことを訊くのはタブーだと思うようになった……。

それにしても、刑事とは。何が彼をそうさせたのか。この十五年の間に何があったのか。一度、事件の発見者と刑事という立場を忘れて、ゆっくり話してみたいと武彦は思った。だが、それもこうなっては難しいかもしれない。なぜなら、どうもさきほどの尋問の様子からして、彼らは自分をたんなる発見者とは見ていないようだからだ。容疑者の一人に数えあげていることは間違いない。

この現実的な思惑に武彦は過去の夢からはっと覚めた。そうだ。冗談じゃないぜ。俺は疑われているのだ、昔の旧友に。甘い。甘い。何が旧交をあたためる、だ。彼は昔の彼ならず。もう、お互いに無邪気な中学生じゃないのだ……。

興ざめした表情で首を振ると、また目の前の原稿に意識を戻した。

この原稿というのがまた厄介なしろもので。締切りを大幅に遅れて、やっと一月遅れで入ったはいいが、とんでもない悪筆のために内容を推理しながら読むしかないのである。このミミズが三匹のたうちまわっているような文字は、前後の逆接的なつながりから考えて、どう考えても、「しかし」と読むしかないようだ……とまあこんな具合だった。ミステリアスなのは内容よりも筆跡のほうなのである。

まったく、このセンセイはこの世にワープロというありがたいものがあるのを知らないのかね。人気作家でなかったら、こんな原稿は読まずにごみ箱行きだよ。よくこんな悪筆で新人賞が取れたものだ。女房にでも清書させたのかしらん。

ぶつぶつこぼしながら、何度も何度も同じ行を読み返していると、また電話が鳴った。

速水が取る。ちょっと喋って、顔をあげ、「的場さん。警察から」と言った。

「またかよ？」武彦は不承不承受話器を取った。傍らで向田が、「警察にもてもてだね。そのうち、泊まりがけで遊びにいらっしゃいなんて誘われるかもよ」と、アクどい冗談を飛ばした。

「的場ですが」不機嫌さまるだしの声で応対した。

「中野署の者ですが、ちょっと確認したいことがありまして」

男の口調は丁寧だった。が、聞き覚えのない声だった。それに、マスクでもかけて話しているような、妙にくぐもった声である。中野署の者と言ったが、あの倉田という刑事ではない。あの刑事の声はもっとだみ声で特徴があった。

「何ですか。さっき見えた刑事さんに知ってることは全部話したつもりですがね。まだ何か？」

嚙みつくように言うと、相手は黙った。しばらく黙っていた。その沈黙がやけに長い。少なくとも武彦にはそう感じられた。

「もしもし？」

「いえ、その、ほんの確認なんです」

まるで弁解するように答える。

「で、何ですか」

「六月二十一日の午後三時ごろ、砂村悦子さんのマンションに電話をされたというのは間違いありませんね」

やれやれ。またその話かよ。いい加減にしてくれ。武彦はげっそりした。

「間違いありません。さっきの刑事にもそう言いました」

「電話に出たのは砂村さん本人に間違いありませんでしたか」

「間違いありません。あまり同じことを言わせないでください」

「どうもすみません。砂村さんが六月二十一日の午後三時ごろまで生きていたかどうかということは肝心な点なので」

「そりゃ、わかりますけどね」

「いや、どうも、お仕事中、失礼しました」

口調は最後まで丁寧ではあった。

受話器を置くと、「何だって？」と向田が興味津々という顔つきで訊ねてきた。

「いちど、別荘に遊びに来ませんかですってさ。結構ですと丁重にお断わりしました」

しかめっ面でそう答えると、副編集長は煙草の煙を天井に吐いて笑った。

3

大森駅を山王口《さんのう》から出ると、的場武彦はハンカチで首筋の汗を拭きながら名店街を歩いた。六月二十六日、火曜日。ほとんどの商店がシャッターをおろしている。武彦は久し振りで着る黒のフォーマルになんとなく肩が張る思いで、歩きながら何度もネクタイの結び目に手をやった。

蒸し暑い。空を見上げると、めまいがしそうだ。千代田《ちよだ》證券《しょうけん》の手前で右手の道に入った。ギラギラと陽光を反射している白いコンクリートの昇り坂が続く。曲がりくねった舗道をしばらく行くと、両側にマンションや住宅が建ち並ぶ道に出た。朝日ビルディング社員寮と書かれた四階建ての白いビルを右手に見ながら、下り坂。このあたりが山王三丁目である。めざす砂村邸は山王四丁目だからもうすぐだ。

袖をめくって腕時計を見た。砂村悦子の告別式は三時半だから、まだ間がある。司法解剖の済んだ遺体はやっと遺族の元に返された。中野のマンションは住んで間もないし、あくまでも仕事場ということになっているので、葬儀は大森の自宅のほうで執り行なわれるのだった。

編集長も同行するはずだったが、たまたま逗子《ずし》に住む或るベテラン作家の夫人が急死して、その告別式と重なってしまい、付き合いの深さに応じてあちらに駆けつける羽目になり、小説エポックからは担当の武彦だけが葬儀に列席することになったのである。ただ、おそらく書籍部のほうからも誰か駆けつけているだろうが。悦子の担当だった河野百合《こうのゆり》あたりが行っているかもしれない。短編と並行して第二作めの書下ろしの企画も進められていたからである。

いつのまにか左手に公園があった。半円形の緑色に澱んだ池があった。思い出したように風が吹くと、一面に魚の鱗《うろこ》のようなさざ波がたった。頭が深緑のビロードのような光沢のある鴨《かも》（軽鴨か？）が、嘴《くちばし》を胸に突っ込んでボンヤリと浮かんでいる。玩具かと思ったら、生きている証拠に時折り羽根を動かした。

その池を尻目に、苔むした石段を昇ると、青々とした蔦《つた》がうっとうしいほど這った石壁が左右に続く。両側から瀟洒《しょうしゃ》な邸宅の庭木が塀ごしに私道に覆いかぶさって、緑のトンネルを作っていた。樹木の匂いをはらんだ涼しい風がときどきさあっと吹き抜けた。風にゆれる樹の影が、黒いレース編みの複雑な模様のように、地面にゆらめく。

樹木の匂いをはらんだ風はいつしか線香の匂いを微妙に含んだ風にかわっていた。砂村邸はすでに葬儀の準備が整っていた。庭木に囲まれた古く趣きのある屋敷は白とグレーの縦縞の包装紙に包まれて、あとは黒いリボンで結ばれるのを待っているかのようだった。

武彦は裏手に回ると、まず焼香を済ませた。手入れの行き届いた広い庭に面した洋間には真新しい白木の祭壇が組まれ、黒いリボンを飾られた写真のなかで砂村悦子は眩《まぶ》しい微笑を武彦に投げかけた。

焼香を済ませると、身内のようなさりげない態度で靴を脱ぎ、中に上がった。喪服を着た人々の出入りが激しいので、それにまぎれてしまう。

葬式は人生の凝縮したひとつのドラマだ。死んだ人間に多かれ少なかれかかわった人々がそこに集まる。その人々を眺めることで、死者がどんな生き方をしてきたか、おおよその見当がつく場合もあるのだ。

武彦は砂村悦子の葬儀に興味をもっていた。悦子を殺した犯人が何食わぬ顔をしてこの場に現われるかもしれないからだ。あれはけっして通り魔的な犯行ではない。犯人は絶対に砂村悦子と顔見知りなのだ。一人、どす黒い思いを胸に秘めて、素知らぬ顔で遺影に手を合わせているかもしれない。

あいつか。それともあいつか。こいつかもしれない。

武彦の目は素早く鋭く人々の姿をとらえた。そして、その目は「喪主」のリボンをつけた一人の男の悄然とうなだれた姿に止まった。

悦子の夫、砂村昌宏だった。大柄なからだを小さすぎる喪服に無理やり押し込んで、背中を丸めてうなだれていた。確か悦子より十五ほど年上のはずだ。だとすると、まだ四十代だが、まるで六十すぎの老人のように見えた。憔悴《しょうすい》が男を一晩で老けさせたこともあるが、もともと歳よりも老けて見える男だった。思わずつまんでみたくなるような大きなイボが鼻の脇にある好人物そうな面長な顔は、実際の歳よりも十は老けて見えた。

授賞式で、この大柄だが、どこかジジむさい男を見たとき、悦子の父親だと思ったくらいだ。むしろ悦子の母親と夫婦といったほうが似合って見えた。

その男がぐらりというふうに立ち上がると、武彦のほうにやって来た。といっても、武彦の姿を認めて来たわけではない。その証拠に、虚《うつ》ろな目は編集者の肩の向こうに据えられていた。しかし、武彦はすかさず話しかけた。

「啓文社の的場と申します。何かお手伝いできることはありませんか」

砂村昌宏はうっそりと小柄な武彦の前に立ちはだかり、動物園の象のような表情のない目で見下ろしていたが、「ああ、それはどうも。でも、おかまいなく……」と言っただけだった。

おかまいなくと言われてもハイそうですかと帰るわけにはいかない。武彦の目は次の獲物を探した。里見充子である。母親の姿が見えなかった。

「あの、悦子さんのお母様は？」

忙しげに通りかかった近所の主婦らしき女性に訊いた。

「さっきご気分が悪くなられて、お坊さまが来られるまで奥で休まれてます」

主婦は奥に通じる廊下を指さした。

砂村邸はかなり広く、廊下の果てにまだ部屋があるようだった。武彦は廊下に向かった。里見充子に会って確かめたいことがある。薄紫の紫陽花が鮮やかに咲いている庭を眺めながら、廊下を足音をしのばせて歩いていくと、ふいに「的場さん」と女の細い声に呼び止められた。

見ると、障子を開け放した六畳間に、書籍部の河野百合が横座りに座って、かすかな笑みを浮かべて武彦を見上げていた。

黒のワンピースに真珠のネックレスというシンプルな装いが、「ミス啓文社」と名高い百合の白い美貌を引き立てていた。どういうわけか、腕には生後何カ月とたっていない赤ん坊が抱かれている。

「河野さん！　なに、やってるんですか。こんなところで」

武彦は百合の思いがけない姿に目を丸くした。

「ご覧のとおりの子守りよ」

百合は困ったような笑顔を見せた。

「黒衣の美女が赤ん坊を抱くの図、か。絵になるなあ。河野さんのお子さんですか」

「馬鹿言わないで。どこの世界に担当した作家のお葬式に隠し子を連れてくるアホな編集者がいますか」

百合はそう言って美しい目で睨んだ。三十四歳。まだ独身のはずである。「ミス啓文社」と言われるたびに、「上にハイがつくんでしょ」とやりかえすようになった。どんな美形も三十路《みそじ》を過ぎると多少ひがみっぽくなるらしい。もっとも、そうさせるのは、まわりの心ない男たちではあったのだが。

「何かお手伝いすることありませんかって言ったら、この子の世話頼まれちゃったのよ」

「誰の子です?」

武彦は見知らぬ女の腕のなかでぐっすり眠っているちいさいものを覗き込んだ。アセモだらけでお世辞にも器量のよい赤ん坊とは言いかねるが、赤ん坊特有の無防備さが彼のなかでまだ眠っている父性本能（?）をかすかに呼びさました。

「さあ。親戚の人のじゃないの」

百合はまるでそのへんに転がっていたハンドバッグか何かみたいな言い方をした。が、まなざしはけっこう優しい。彼女もいまだ未発達の母性本能をわずかにくすぐられているのかもしれない。

「そんな子が欲しいでしょ？」

ちょっと無神経かなと思ったが、つい口に出してしまった。才気煥発《さいきかんぱつ》な女性なので、うっかり男相手のようにしゃべってしまう。百合はかすかに眉をひそめた。

「その前に子供の素《もと》を探さなくちゃ。未婚の母になる気はありませんからね」

「もし、付き合っている男がいるなら、引っ張ってきて、今のその姿を見せるべきですよ。美意識のある男だったら、白いほうの衣装も着せてみたいなって絶対思うと思うな」

お世辞を言ったわけではなかった。くせのない長い髪を黒いレースのリボンで無造作に後ろで束ね、中背でほっそりした体格に黒のワンピースが実に似合っていた。まさに黒百合のようだ。

「そんな甘いことを考えるのは的場君くらいなもんよ」

百合はふふんと笑って、よっこらしょと他人の赤ん坊を畳におろした。

「それより、おたくの奥さん、お元気。こんな子がそろそろできてもいいのはそっちじゃないの」

「女房は元気ですがね。元気すぎるくらいで」

「あんたも元気を出して早く作んなさい。頑張って」

「そんなインスタントラーメン作るみたいに言わないでください」

子供か。今ひとつ実感がわかないな。毎日、気の合った女友達とキャンプしてるみたいな新婚生活だもんな。武彦は百合のそばにあぐらをかくと、「ねえ？」と話しかけて、赤ん坊のほっぺたを指でつついた。

「それにしても驚いたでしょう。砂村さんの死体を発見したときは？」

百合は声をひそめるようにして言った。軽口はおしまいというように、やや険しい表情になっていた。

「驚いたなんてもんじゃないですよ。なんてったって、目の前に血だらけで転がっていたんですからね」

武彦もつられたように声を低くした。今、思い出してもぞっとする。

「砂村さんも賞に殺されたようなものね」

百合は独り言のように呟いた。

「そりゃ、どういう意味です？」

「だって、そうじゃない。もし賞を取らなければ、彼女、中野のマンションに仕事場を持つこともなかったでしょ？　家族と一緒にここに居たら、あんな目に遭わなくても済んだんじゃないかしら」

「そうですね。そうかもしれない。だけど、前からちょっと疑問に思ってたんだけど、砂村女史はどうしてよそに仕事場を持とうなんて気をおこしたんでしょうかね。ここでも、執筆にはさしつかえないように思えるんだがなあ。広いし、静かだし」

武彦はそう言いながら、首を巡らしてあたりを眺め回した。本当に広くて静かだ。

「しかも、マンションを借りたんじゃなくて、買ったんでしょう？」

「別れるつもりだったのよ」

百合があっさりと言った。

「え？」

「ご主人と。仕事場というのは口実で、事実上の別居。離婚の準備を進めてたのよ、彼女」

「どうして？」

「理由までは知らないわ。ある日、突然、亭主の歯ブラシを見ていたら吐きそうになったんですって」

「ええっ。なんか人のよさそうな好人物に見えたけどなあ」

武彦が面食らって言うと、百合は冷ややかにも見える笑い方をした。

「その好人物ってのが問題だったのかもね。女ってそういうところがあるのよ。私にはわかるような気がする。ある日、突然、同居している人間の何もかもが厭で厭でたまらなくなるって気持ち。理由なんてないのよ。というか、毎日の小さなストレスが積もり重なった結果というべきかしら。それがある日爆発するのよね」

「経験があるような言い方ですね」

「ま、この歳になりますと、それなりに」

百合はすまして、スカートについていた糸くずを丹念に払った。

「それで、ご主人のほうはどうなんです。離婚に応じたんですか」

「まさか」

「そりゃそうでしょう。今まで養っていた女房が、ある日、突然、賞を取って作家としてやっていけそうなので、あなたはもう必要がなくなりました。別れてください、じゃ、男として立つ瀬がないよ。冗談じゃないって」

武彦はあのもっさりした象のような男に大いに同情して言った。歳よりずっと若く見える才色兼備の妻と、歳よりずっと老けて見える風采のあがらない年上の夫。どう考えても泣くのは亭主のほうだ。

「しかし、そうなると、あの旦那にも砂村女史を殺す動機があったことになりますね」

「そうね」

「復縁を迫る夫がつい逆上して、妻をブスリか。よくある話だな。だけど、ぼくはそうは思わないな。犯人は砂村昌宏じゃないですよ。犯人は女だと思う」

「女？　どうして？」

百合は武彦の顔を横から愕いたように覗き込んだ。

「これ、新聞には載らなかったから、他の人は知らないことなんだけど……」

そう言って、武彦は、砂村悦子の死体を発見したときのことを詳しく話した。鏡の前まで続いていた不思議な血の足跡のこと。悦子が右脇腹を刺されていたこと。それから、犯人に持ち去られたらしい未完の短編のこと。

百合は黙って聞いていた。

「あれから考えたんだけど、まさか砂村さんの鏡像が鏡から抜け出すわけがないから、犯人がわざと鏡の前まで血の足跡をつけたと思うんです。まるで犯人が鏡のなかに入って行ったと思わせるために。ただ、なぜ、そんなことをしたのか。その理由がわからなかった。だけど、ひとつ閃《ひらめ》いたんです。犯人はひょっとすると、そんな怪奇的な扮装をすることで、自分の背丈が被害者と同じでしかも左利きであることをカモフラージュしようとしたんじゃないかってね。砂村さんは女としては中背くらいだったでしょう?」

「そうね。百六十はなかったわね。五十六、七ってとこかしら。私が五十七だから」

「身長が百五十六、七といえば、男という線も考えられないわけじゃないけど、かなり小男ということになりますよね。やはり、女と考えたほうが自然ではないかと、ぼくは思うんだけど」

「そうね……」百合は考え込みながら相槌をうった。

「ただ、ひとつわからないのは、犯人が未完成の短編を持ち去ったらしいということなんです。警察の調べだと、ワープロのインクリボンに印字した痕跡があったというから、フロッピーに登録するだけでなくて紙にも印字していたはずなんですがね。ぼくが行ったときにはどこにも原稿はなかった。引っ越したときにこちらの自宅のほうに置いてきたというのも考えられるけれども」

「砂村さん、引っ越したとき、ワープロも買い替えたのよ。こちらで使っていたのと同会社の最新型のタイプに。何もかも新しくやり直したいからって。あちらのワープロのインクリボンに印字の跡が残っていたなら、向こうに行ってから印字したんでしょうね」

　さすがに書下ろしのほうの担当だけあって、よく知っていた。女性の作家に女性の編集者をつけるのは、うまくいく場合とそうでない場合がある。同性であることがかえって互いの反発を呼んでしまうことも珍しくない。だが、砂村悦子と河野百合の場合、相性はよかったようだ。そうでなければ、悦子は離婚の意思があることまで百合に話しはしなかっただろう。

「だとしたら、やっぱり、原稿は犯人が持ち去ったんです。でも、おかしいんだな。そのところが。矛盾しちまうんだ。犯人は明らかにあの短編を読んでいるんです。偶然の一致とはとても思えない。でも、もしあの短編どおりの殺人が起きたように見せかけたかったら、原稿はその場に置いて行くはずですよね。それをなぜか持ち去っている。たまたま、砂村さんがワープロを使っていたから、ああいう短編があったということがわかったんですけど。そこんところが、どうも釈然としないんだな」

「その短編って、どんな内容だったの？」

　百合がふいに訊いた。

「実をいうと、ここに持ってきてるんです」武彦はにやりとして、上着の内ポケットから四つに畳んだワープロ紙を取り出した。それを百合に手渡す。

「砂村さんのお母さんに、その小説のことでどうしても伺いたいことがあって、チャンスとばかりに持参してきたんです」

百合は白い顔を俯けて原稿を読んでいたが、すぐに読み終わり、大きく張った目で武彦を見詰めた。

「凄いじゃない。これ」

この「凄い」が作品として傑作という意味なのか、別のもっと俗っぽい意味なのか、武彦にはにわかに判断はつきかねた。たぶん両方だろう。

「これ、次の号に載せるんでしょ？」

「もちろん」

「大変な反響を呼ぶわね」

「受賞作のほうもまた動くんじゃないですか」

「おそらくね」

「売れない作家は一度は死んでみるのもひとつの手ですね。それもなるべく派手に」

「ほんとね。そうしてほしい作家がうちにも何人かいるわ」

百合はにこりともしないで言う。女性には珍しいブラックユーモアの持ち主だった。

「そっちのほうはどうなんです。プロットくらいかたまっていたんですか」

「全然。おたくの短編を片付けてからということだったから」

「じゃあ、中野のマンションへは河野さんは？」

「一度も。移転通知はもらったから、そのうちにはと思っていた矢先だったのよ」

百合は意味不明の溜息をついた。

「だけど、この小説、どこまでが本当なのかしら。主人公の『私』の名前が『悦子』となっているから、作者を思わせるところがあるけれど」

「そこなんですよ、ぼくが知りたいのは。その小説が全くのフィクションなのか、それともある程度事実に基づいているのか、それを砂村さんのお母さんに伺おうと思って」

「全くのフィクションって感じはしないわね。かなり事実に則しているんじゃないかしら。彼女、東京生まれじゃないのよ。確か地方の旧家の出よ。父親が中学校の教頭をしていたという話も聞いたことがあるわ。でも、いくらなんでも子供のころに従妹を……」

「ぼくもそこはフィクションって気がするんだな。五歳の子供にそんなことができるとはとても思えないし、もしそれが事実だとしても、まさか世間に発表するわけがない。いくら子供のころの犯罪だとしても、一生隠し通すはずですよ」

「そうよね。殺人に関するところは話を面白くするためのフィクションだとしても、ようは、このアイという少女が本当にいたのか、もしいたなら彼女は今どこでどうしているのかということね」

「そうなんです。そのことをお母さんに訊きたいんです」

「お母さんなら、さっきめまいがするとおっしゃって、そのさきのご自分の部屋で休まれているわ」

「それじゃ、ぼくは、ちょっと」武彦は百合から原稿を取り返すと立ち上がりかけた。

「待って。私も一緒に行くわ」

百合も立ち上がりかける。

そのときだった。廊下のほうから足音がしたかと思うと、「なんだ。河野くん。こんなところに居たのか」という声がした。

書籍部の編集長、郷原《ごうはら》だった。五十近いはずだが、贅肉《ぜいにく》の感じられないスマートな体つきは万年青年を思わせる。毛質のかたい髪はハゲる性ではないらしく、わずかに白いものが目立つ程度だ。それも、当人が意識してアクセントにしているようだ。髪を染めるとき、そこだけは注意深く染め残しているのだろう。お洒落な男だった。

「ぼくはこれから安城《あんじょう》先生の母上の葬儀にも顔を出さなければならんので、これで失礼するが」

「葬式のハシゴですか」

武彦が言うと、郷原編集長は苦笑して、「こうくそ暑いとやたらと人が死んで困るね」と答え、百年の恋もさめるような音をたてて鼻をかんだ。

「昨日から風邪ぎみでね」

鼻をかんだちり紙をやけに丁寧に畳み直して、また背広のポケットにしまった。何度使っているのだろう。お洒落に見せてはいたが、こんなところに、戦前生まれのしみったれたところがよく出ている。たんに物を大切にする人なのかもしれないが。

ふいの風に庭の紫陽花が揺れた。

4

里見充子の部屋は離れにあった。茶室を思わせる四畳半である。開け放した障子の陰から声をかけると、横になっていたらしい充子は慌ててからだを起こし、乱れた髪と喪服の襟元を本能的というように指で押えた。

そういうちょっとした仕草に、若い女にはとうてい真似のできない熟した色気が滲み出ている。悦子を生んだのが二十歳だとしても、もう五十二にはなっているはずである。

が、憔悴と（おそらく）睡眠不足とでやつれてはいても、目元や物腰にまだみずみずしいものがあり、娘同様、歳よりも若く見えた。

「ご気分はいかがですか」

武彦がそう問いかけると、充子は無理に笑顔を作った。目の下にはむらさき色の隈《くま》ができていた。

「だいぶよくなりました」

無意識のように、指がしきりに髪を撫でつけている。若いころはさぞ奇麗だっただろうな、と武彦は思った。今でさえこれだけ見られるのだから。悦子くらいのころは娘以上の美しさだったかもしれない。男の目を鏡がわりにしてきた女だ。そんな気がした。彼女が出会った鏡たちは、いつの時代も彼女が変わらず美しいことを魔法の鏡以上の率直さで語りかけてきたのだろう。それはどんな高価な化粧品よりも、彼女の若さを保つ役目を果たしたにちがいない。

里見充子は現代では急速に死滅しつつある、男にのみ頼って生きてきた女の一人だ。子供のころは父親に、嫁しては夫に、そして今は義理の息子に。独りでは生きられないタイプだ。そこが娘とは違う。なよなよとして頼りなげで、つい手を差し伸べたくなる。今も、薄い敷布団の脇に妙に不安定な様子で座っている姿に、思わず膝を乗り出して、その細いからだを支えてやりたくなった。

絽《ろ》の喪服に包まれた華奢《きゃしゃ》なからだは、優雅に包装された高級和菓子を思わせた。

「あの、さしつかえなければ、これを読んでいただきたいのですが」

武彦は例の原稿を差し出した。充子の目に不審そうな色が浮かんだ。

「何ですの？」

「悦子さんが書かれた短編なんです」

「短編？」と充子はオウム返しに訊き返し、ボンヤリした表情をしていたが、すぐに、「ちょっとお待ちください」と言って、膝で古めかしい文机までにじり寄ると、その引出しから眼鏡を取り出し、それをかけた。老眼鏡だろう。

いかつい眼鏡は繊細な顔をいっきょに壊した。急に年寄りくさくなった。指をなめて紙をめくり、一行一行視線を這わせるようにして読み進む。原稿を読み慣れている武彦や河野百合とはわけが違う。武彦は膝に両の拳をおいて、じりじりしながら待っていた。

「これは――」充子はやっと原稿を読み終わり、むしり取るように眼鏡をはずすと（眼鏡が似合わないことを充分に承知している。そんな仕草だった）茫然とした表情で編集者を見詰めた。

「うちで依頼した短編なんです。悦子さんが殺さ――亡くなる直前まで書いておられたものなんです。それはお母様の目から見て、全くのフィクションでしょうか。それとも……？」

「作り事ではありません。たったひとつを除いては。妹の鈴子が娘を連れてわたくしのもとに身を寄せたことがあるのは本当です」

里見充子は小さな手で眼鏡を弄《もてあそ》びながら、そう答えた。

「それじゃ、そこに出てくるアイという子供は？」

「名前はアイ子です。カタカナでアイと書きます。そう、本当に悦子によく似ていました……」

充子の目が宙をさまよった。

「それで、そのアイ子さんは今どこに？」

武彦はせっかちに訊いた。アイはいたのか。ひょっとすると、この葬儀にも来ているかもしれない。が、充子の答えは武彦のそんな考えを即座に打ち消した。

「アイ子ちゃんは死にました。この小説にあるとおりに、うちの裏手にあった池に落ちて。五歳のときでした」

「えっ。じゃあ」

「勘違いなさらないでください。さっき、ひとつを除いてはと申し上げましたでしょう。

そのひとつと言うのは、悦子がアイ子ちゃんを殺したというところです。そんなことはありえません。あれは全くの事故でした。アイ子ちゃんが独りで池のそばで遊んでいて足を滑らせたのです。それに」

充子は胸が苦しいというように、片手で襟元を押えた。

「あの日、悦子はずっとうちにおりました。わたくしのそばでおとなしく遊んでいたんです。あのころ、わたくしは二人めの子を死産して、からだの具合が悪く、臥《ふ》せっていることが多かったのですが、そのわたくしの床のそばで悦子は折り紙をして遊んでいたのを今でもハッキリと覚えております。ですから」

「わかりました。ぼくもそこのところは悦子さんのフィクションだと思ったんです。それで、そのアイ子ちゃんのお母さん、つまり鈴子さんという方も小説のなかでは」

「そうです。鈴子もアイ子と同じ死に方をしました。娘の事故死がショックだったのでしょう。お酒でまぎらすようになって。そのあげくにあの池で……。不幸な一生でした。姉としてやれることは何でもしてあげたのに」

里見充子のまなざしが霧がかかったようになり、彼女の意識が遠い過去をさまよっているのが、はた目にもわかった。

アイ、いやアイ子はすでに死んでいた。五歳のとき死んだ従妹が二十七年後の葬儀に現われるはずがない。まして、砂村悦子を殺せるはずもない。肝心のところはやはり虚構だったのだ。砂村悦子は幼いころ身近で起こった叔母と従妹の事故死からヒントを得て、あんな話を作りあげたのだろう。それにしても……。

「あの、お坊さまがみえましたので、そろそろ」

さっきの近所の主婦らしき人がやって来て、そう告げた。充子は疲れたように頷き、鏡台を覗いて、髪と襟元を素早く直すと、よろよろと立ち上がって部屋を出て行った。

祭壇の飾られた応接間に戻ると、列席者のなかに、貴島柊志の頭ひとつ抜きん出た姿を武彦は認めた。金魚のフンのように横に控えた倉田の短軀《たんく》も。

バリトンの朗々たる読経《どきょう》の声が屋敷中に響き渡った。

Ⅳ章　捜　査

1

夜の八時に始まった捜査会議を終えて、貴島柊志が阿佐ケ谷のアパートに戻ったときにはすでに零時近くなっていた。

汗じみのできたワイシャツと背広を脱ぎ捨て、ランニングシャツ一枚になると、ボロ雑巾のようになったからだを畳の上にどうっと放り出した。独身の彼には苦労をねぎらってくれるような家族はいない。仰向けに寝転び、頭の下で両手を組む。からだはくたびれ切っていたが、頭は冴えていた。染みや埃《ほこり》で薄汚れた天井をつき抜けて、両の目はその上に広がっているであろう冥《くら》い虚空を睨んだ。

おかしな事件だった。最初、現場を一目みたときは、これは早めに片付くなと直感した。無理やり押し入ったような気配も荒らされた様子も全く見当たらず、被害者が奥の部屋で殺されていたことから顔見知りの犯行であるのは間違いなかった。砂村悦子がマンションに引っ越したことを知っていた関係者を洗えば、すぐに手掛かりがつかめるのではないかと楽観していた。それに、入居したばかりで部屋にあった家具がいずれも真新しく、とりわけ絨毯が新しかったことから、絨毯についた髪の毛や糸くずなどの遺留品の線からも犯人の特徴はすぐに割れるのではないかと思っていたのだ。が、これは全くの見込み違いだった。

中野署に捜査本部が設けられて一週間になるというのに、調べれば調べるほど、事件は解決どころか異様な様相を帯びてきたのである。

何よりも貴島を悩ませたのは、あの鏡の前まで続いていた犯人のものらしい血染めの足跡である。足跡は鏡の前でプッツリと途絶えていた。そこから引き返したらしい痕跡がないのだ。

となると、犯人は鏡の前で血のついたスリッパを脱ぎ、別のスリッパに履きかえたか、あるいは……。あるいは？　後者の考えはあまりにも馬鹿げていた。犯人が鏡を抜けて現場から立ち去ったなどというのは、あまりにも……。

だが、現場に残された他の手掛かりが、こともあろうにこの馬鹿げた空想じみた考えをすべて支持していたのだ。

まず、指紋班から、現場の洋間およびバスルームのドアのノブから被害者の指紋が検出されたとの報告がはいった。また、洗面台、バスタブおよび台所の流しからも同様に被害者の指紋が幾つか認められたということも。また逆にこれらのいずれからもルミノール反応が出なかったことも報告された。

つまり、犯人が犯行後ドアのノブや洗面台の蛇口などに血のついた手で触ったあと、血染めの指紋を残すことを恐れて後で拭きとったという線が否定されたのである。ドアのノブに関しては、たまたまドアが開いていたので、出るときにノブに触る必要がなかったとも考えられるが、それにしても、洗面台などを使った痕跡が全く見られないというのは奇妙だった。

犯人は犯行後血だらけになった手を洗わなかったのだろうか。

手袋をしていたのか？　が、季節は夏に向かおうとしているのだ。ことに六月二十一日の午後といえば、うだるような蒸し暑さだった。手袋をしたままの犯人を砂村悦子は不審に思わなかったのだろうか……。

さらに不可解な点があった。現場が一種の密室だったということである。悦子の死体が発見されたとき、玄関のドアが施錠されていたことは、発見者の里見充子と的場武彦が共に証言している。管理人、益子要蔵《ましこようぞう》（七十歳）によれば、マンションの鍵は全部で三つあるそうだ。そのうち一つは管理人が保管し、二つが居住者に渡される。砂村悦子は一つを自分で持ち、もう一つを夫に渡していた。もっとも、益子の話だと、悦子が引っ越して来た日、夫の砂村昌宏も同行して、管理人の目の前で悦子は夫に合鍵を渡したのだそうだが、それは夫に促されて仕方なくという様子だったそうである。

里見充子が使ったのは、この合鍵のほうだった。当初、悦子が使っていた鍵が部屋から発見されなかったことから、犯人がこの鍵を奪って外から施錠したものと思われていたが、隣りの六畳の洋室（ここは寝室に使うつもりだったらしく、シングルのベッドと洋服簞笥だけが揃えてあった）のベッドの上にほうり出されていた白いハンドバッグの中から鍵が見付かったことでこの推理は打ち消された。ちょうど、ハンドバッグの内ポケットの裏地がほころびていて、悦子は鍵をこのポケットに入れたつもりで、このほころびの中に鍵がうまく滑り込んでしまい、一見紛失したように見えたというのが、後でわかったのだった。

つまり、砂村悦子が所有していた鍵はなくなってはいなかったのである。

となると、ここでおかしなことになる。犯人は一体どうやって鍵を使わずに外からドアを施錠できたのか。ドアの内側にはドアチェーンとノブの真ん中につまみがついていて、中から施錠するときは、このノブのつまみを回せばいいのだが、悦子の死が明らかに他殺である限り、中から施錠されたわけがない。犯人は鍵を使ってドアをロックしたのだ。一階だから、窓から出たという可能性も考えられた。が、これも打ち消された。まず八畳間のベランダに出られる窓には中からクレセント錠がかかっていたことが、的場武彦と益子要蔵の証言で裏付けられた。もう一つの洋室にも窓があるが、これは捜査官が踏み込んだとき、やはり中から施錠されていたことを報告している。ダイニングルームにも東に窓がついていたが、これは外から鉄の格子が嵌め込まれている。洗面所とバス・トイレには換気扇だけで窓はついていない。

また、南のベランダの下は植込みになっていて、もしベランダから出たのだとしたら、この植込みに跡が残るはずであるが、植込みにも、比較的柔らかな土にも不審な足跡などは全く見られなかったことから、犯人が窓から逃げたという線は否定された。

逃走経路が玄関ドアにしぼられれば、犯人は合鍵を持っていたということになる。

合鍵を利用できたのは三人。管理人の益子。夫の砂村昌宏。そして昌宏の保管していた合鍵を使うチャンスのあった母親の里見充子である。しかし、この三人にはそれぞれアリバイがあった。益子は悦子の死亡推定時刻（これは司法解剖と的場武彦の証言から六月二十一日の午後三時から四時にしぼられていた）には、管理人室で同マンションの住人林弥三郎《はやしやさぶろう》（七十三歳）とずっと碁をうっていたことが林老人の証言で判明。

砂村昌宏もこの時刻は大森に居たことが証明されている。砂村は駅前で家具店を経営しており、当日の午後三時から四時には店に居たことが従業員や店の客の証言によって明らかになった。

最後は母親の充子だが、彼女はなんといっても被害者の実の母親である。よほどの動機がない限り、血を分けた娘を殺すわけがないというのが常識的な考えだ。むろん、実の親による子殺しはそう珍しくはないし、近親であるほうが場合によっては陰惨な事件を引き起こす場合もある。それに被害者の受けた傷の形や傷口の角度から、犯人の背丈が被害者とほぼ同等だったことが割り出されている。合鍵を利用できた三人のなかでこの条件を満たすのは里見充子だけである。充子の背丈は百五十五・五センチ、娘の悦子とさして変わらなかった。管理人の益子も砂村昌宏も百七十はゆうにあり、およそ百五十六センチあった悦子よりもはるかに背が高い。こういった事実から里見充子を容疑者リストからはずすわけにはいかなかった。

が、彼女にもアリバイがある。この時間帯は自宅で夏に向けての応接間の模様がえをしていたと証言。三時半ごろ、最寄りの美容院の経営者が砂村邸に予約のことで電話をかけており、それに充子が出たことがアリバイの裏付けになった。その美容院は充子がよく利用する所で、長い付き合いがあり、経営者は充子の声をよく知っていて、電話に出たのは充子本人に間違いなかったと証言した。このあと、四時ごろ、充子はこの美容院を訪れている。中野のマンションから大森の自宅までは車でも鉄道を利用しても小一時間はかかる。もし、充子が犯人だとしても、どう急いだところで、三時半に大森の自宅にかかってきた電話に出ることは不可能だった。

つまるところ、合鍵を利用できた三人にはアリバイがあった。さらに、管理人室に保管されていた鍵と砂村邸にあった鍵とが、それぞれこの三人以外の人物によって使われた可能性も検討されたが、これもほぼ見込みなしという結果が出た。益子に言わせれば、住人の鍵の管理は厳重だったというし（もっとも管理人としてはそう言うしかないだろうが）、あのあと所轄からの連絡を受けて駆けつけてきた夫の昌宏も母親の里見充子も、悦子の仕事場の鍵が彼ら二人以外の人物の手に渡った可能性はないと言った。

砂村悦子が第四の鍵、つまり夫に渡したもの以外に合鍵を作り、持っていたか、あるいは誰かに渡していた可能性も検討されたが、これも、マンション付近の合鍵屋をすべて当たった結果、そのような可能性はほぼ打ち消された。

こうした捜査の結果がすべて、犯人が砂村悦子の鏡像であるという空想的な考えを支持していた。悦子の鏡像が鏡のなかから抜け出し、悦子を刺し殺し、また鏡のなかに戻って行った。血染めの足跡だけを残して。

そう考えれば、底に血のついたスリッパがなくなっていること、現場が密室だったこと、犯人が相当の返り血を浴びたにもかかわらず、手を洗った痕跡がないことの説明がつくのである。

だが、そんなはずはない！

鏡像が殺人を犯すなんて。あまりにもファンタスティックな空想だ。とすると、現実的に考えられるのはただひとつ。犯人が故意にそのように粉飾したということである。スリッパに血をつけて鏡の前まで行ったのは、返り血の具合を見るためではなく、絨毯の上に奇妙な足跡をつけるのが最初から狙いだったのだ。そして、血染めのスリッパを脱ぎ、別のスリッパに履きかえて（？）部屋をでる。手や衣類についた血はどうする？血だらけの姿でまさか真っ昼間の街を歩けまい。衣類は返り血を浴びるのを計算して着替え用の服を持参してきたのかもしれない。あるいは、被害者と背丈が同じことから、もし女だとしたら、被害者の衣類を身につけて行ったとも考えられる。血のついたスリッパを持ち去ったのも、スリッパに残った自分の足紋を隠すためというよりも、こうすることで事件をより怪奇的に見せるためだったのではないか。

しかし、手についた血はどうするのだ。やはり手袋をしていたのか……。明らかな他殺死体にもかかわらず、現場を密室にしたのは怪奇的な粉飾を施すため？

それにしても、なぜそんなことを？

犯人は狂人か。たんに捜査を混乱させるためか。あるいは合理的な目的があってのことか。たとえば、何かをカモフラージュするため？　それとも、逆に、何かを暴《あば》きたてるためか。

何かを暴きたてる……。何を？　犯人は砂村悦子の書いた短編の原稿を持ち去っている。にもかかわらず、ワープロのフロッピーは持ち去ってはいない。印字の痕跡の残ったインクリボンもそのままにしてあった。部屋に入ったとき机の上に原稿はなかったという的場武彦の証言を信じていた。的場にはあれ以上嘘をつく理由がない。また、その原稿を悦子自身が破棄したとも考えにくい。犯人はワープロの機能について詳しくない者だろうか。原稿さえ持ち去れば、あの短編が永遠に人の目に触れないとでも思ったのか。

そうは思えない。他の手掛かりが示している犯人の用意周到さと、その迂闊さとがどうもかみ合わない。むしろ逆ではないだろうか。あえてフロッピーやインクリボンをそのままにしていったような気がしてならない。なぜなら、犯人は明らかにある意志を持って怪奇的な粉飾を施している。この粉飾は悦子が書いた短編と無関係ではないのだ。

悦子の短編を隠すためではなく、その反対に必要以上に強調するために、原稿だけを持ち去ったとも考えられるのである。つまり、いったん隠したのは、それを暴きたてられるのを望んでいたからではないか。どうせ、ワープロを調べれば、悦子の短編の存在は警察にわかってしまうことを最初から計算に入れていたのではないか。

こう考えてくると、何もかもが冷徹な計算に基づいている気がしてくる。怪奇を装った計画犯罪の匂いがしてならなかった。

だが、同時にやはり何か人知では計り知れない怪奇性をも感じている。それは、最初女流作家の遺体と対面したとき、青い絨毯に転がったその姿を、まるで池に浮かび上がった溺死体のようだと感じたことである。黒い血だまりは花だった。そして、そのあと、悦子の書いた未完の短編の存在を知り、そのなかで、主人公の「私」が殺した「アイ」が、「紫色の睡蓮の浮かぶ池で溺死体となって発見された」というくだりに出くわした。今おもえば、青い絨毯の上に広がった血の染みはまさに黒い睡蓮の花のようだったではないか！　この人間業とは思えない奇怪な暗合……。

しかし、事件が調べれば調べるほど異様な様相を帯びてくるといっても、手掛かりが全くないわけではなかった。これほど注意深く遺留品を現場に残さないようにしていた犯人だが、ひとつだけ証拠の品を残していったのだ。ブルーの真新しいカーペットは掃除が行き届いていて、遺留品のたぐいはあまり発見されなかったが、ひとつだけ、重要な手掛かりがあった。それは髪の毛である。絨毯の上についていた血染めの足跡のひとつから採取されたもので、長さは二十一センチ程度、血液型はO型、成年女子のものと鑑識の調べで判明していた。

被害者も発見者である被害者の母親も共に血液型はA型だった。入居して一週間とたっていないということと、被害者が絨毯の掃除をまめにしていたらしい形跡から考え合わせて、この髪の毛が犯人のものである可能性は高かった。むろん、たんに訪問者のものにすぎない線も捨て切れないが。血染めの足型から丸まって採取されたこの髪の毛が、はたして絨毯に落ちていたものなのか、あるいはスリッパの底についていたものが落ちたものなのか、判然とはしなかったが、どちらにせよ、血液型がO型の女がマンションを訪れていたのは確かなことだった。ようは、マンションを訪れたことのある該当者のアリバイを全部洗えばいいのである。

被害者が幸いにも入居して間もないので、これは比較的楽な作業に見えた。

もし、この髪の毛が犯人の遺留品だとしたら、犯人像はきわめて明確である。血液型がO型の女で、背丈は被害者と同じくらい。たぶん左利きである。だが、左利きということに関しては、すぐに見分けるのは難しいかもしれない。なぜなら、左利きの人間は社会生活をスムーズに送れるようにと、子供のころに矯正された結果、たいていが両利きになっている場合が多いからだ。人前では右利きのように見せているかもしれない。

今のところ、それらしい人物は浮かび上がってはいなかった。だが、それも時間の問題だろう……。

貴島は指を後頭部で組んだまま、寝返りをうった。天井を見詰めていた目が、今度は薄汚ない壁を見詰める。

つい先日、被害者の葬儀の席で見掛けた的場武彦の顔がふと頭に浮かんだ。あのマンションの管理人室で発見者として事情聴取を受けていた的場の顔を見たとき、すぐに北海道時代のことを思い出した。十五年も前の級友を即座に思い出したのは、貴島の記憶力が特別優れていたわけではなかった（けっして悪いほうではなかったが）。的場武彦が子供のころとそっくりそのまま同じ顔をしてそこにいたからだ。色が白く、目鼻立ちが気性のようにハッキリしていて、眉が濃い。五月人形のような童顔は十五年の歳月を全く感じさせなかった。学生服を背広に替え、髪型を変えただけの坊ちゃん顔がそこにあった。思い出さないほうがどうかしている。あとで、彼の名前を書類で確認してヤッパリと思った。意外な所で意外な人物と遭遇した驚きと懐かしさがあったが、だからといって、それを相手にけどらせはしなかった。仕事柄、感情をあまり顔に出さないだけの訓練はできている。的場のほうは覚えていない風だったので、あえて思い出させることもあるまいと思ったのだ。捜査に私情をはさむのは禁物である。

それが、啓文社の階段のところで、つい口に出してしまった。応接間での的場の応対の仕方は子供のころと全く変わっていなかった。負けず嫌いで腹だちも感激もすぐに顔に表われる。そんな性格が全く変わっていないので、つい、あんなことを言ってしまったのだ。あのときの的場の顔といったらなかった。鏡を突きつけてやったら赤面するような馬鹿面をして階段に足をかけたまま茫然としていた。なんのことやらサッパリわからなかったに違いない。「あのころ」とは一体いつのことだったのか。そう自問自答したに違いない。

今は思い出しただろうか。それとも、意味解明にまだ頭を悩ませているだろうか。貴島は黒い電話機をちらりと眺めた。ふいに電話をかけて訊いてみたい衝動に襲われたのだ。が、時計を見ると、時刻はすでに一時を過ぎようとしている。たとえ親しい間柄でも電話をかけあうのは躊躇《ちゅうちょ》する時間だ。それに、的場の薬指に結婚指環が嵌まっていたことを思い出した。互いに二十九歳。家庭を持っていても不思議ではない。もう子供もいるかもしれない。そう、あれから十五年がたったのだ。そのとき、はじめて歳月を感じた。

黒い電話機が急に遠のいた感覚がした。あまりにも長すぎる年月だった。彼が今寝転んでいる畳から電話機まで物理的には数メートルしかなかったが、心理的な距離ができた。貴島はいっときの感傷からさめて、旧友に電話をかけることを断念した。

この事件が解決してからでも遅くはない。事件の関係者と刑事という立場を離れて会う機会もあるだろう。そうだ。そのほうがいいかもしれない。

的場が邪推《じゃすい》したほど、貴島自身は旧友を疑ってはいなかった。あの気性では隠し事などできるものではない。まして殺人など。だから、事件さえ解決すれば、全く私的な立場で旧交を温めることができると信じていた。

しかし、彼はこのとき知らなかった。そんな機会は二度と訪れてはこないことを。

2

窓の外は霧雨だった。銀鼠の雨はしとしとと庭の紫陽花を濡らしていた。雨に磨かれ、花色がいっそう鮮やかに目にしみる。主人の好みなのだろうか。玄関にも両脇に紫陽花が植えられていた。花季である。白やブルーの爽やかな色合いがうっとうしい季節をしばし忘れさせてくれる。自然はやはり人知をはるかに超えている。貴島は思った。じめじめとした雨の降り続く厭な季節にこんな爽やかな花を咲かせるとは。そのさりげない絶妙のバランスにあらためて感じ入った。

植物好きだったから、この屋敷を今日訪れた目的も一瞬忘れて、硝子窓ごしに見える庭の花にみとれていた。テーブルの上には淡い緑のせん茶がほのぼのと湯気をたてている。クーラーが効いているので、冷たい飲物よりもありがたい。

砂村邸の応接間はすでに白木の祭壇が片付けられていた。十畳ほどの広さで、渋いグレーの絨毯に、焦げ茶の革張りのソファが落ち着いた雰囲気を醸《かも》し出している。壁に飾られた朝顔の水彩画や棚に置かれた金魚鉢に季節を感じた。

隣りでは花なんざ目に入らないというように、盛大な音をたてて倉田義男《よしお》が茶を啜《すす》っていた。

座をはずしていた里見充子が戻って来た。手に封筒を持っていた。

「これでございます」と封の切られた封書をテーブルの上に置いてスッと差し出した。

封筒は何の変哲もない定形の白いものである。

「拝見します」そう言って、貴島は手袋をつけて封書を手に取った。宛名は書かれていない。差出人の名もなかった。白いのっぺらぼうの封筒だった。中から白い便箋が一枚出て来た。

「これが今朝ポストに入っていたのですね？」

　便箋に目を通しながら訊くと、里見充子は頷いた。

「はい。新聞を取りに出ましたら、そこに」

　黒いインクで書かれた文面は短かった。こうである。


　砂村悦子を殺したのは私だ。私は長いことあの女を憎んできた。私は二十七年前、悦子にひそかに殺された。誰もがあれを事故死だとしか思わなかった。でも、違う。本当は私は殺されたのだ。

アイ

　それだけの文章を読むのにかなりの時間を要した。全文が鏡文字で書かれていたためだ。鏡文字というのは、鏡に映すと正しい向きとなって読める文字のことである。かの神秘の画家、レオナルド・ダ・ヴィンチがこの鏡文字で日記をつけていたという有名な挿話《エピソード》がある。

「ただの悪戯《いたずら》でしょうか？」

　充子は不安そうに刑事の顔を見上げた。

「いや――」貴島は便箋から目を放さずに言った。

「事件に関係のない者の悪戯とは考えられませんね。犯人が書いたものかもしれません。この手紙を書いた者は明らかに悦子さんの短編を読んでいます。ですが、あの短編のことはまだ一部の関係者しか知らないはずです」

今度の事件はむろん新聞で報道されたが、それはごく表面的な事実ばかりで、どの新聞にも、あの短編の件は全く出ていなかった。週刊誌にももっと詳しい記事が載りはじめていたが、今のところ、あの短編の内容に触れているものはない。『ミラージュ』の内容を知っている者は、ごく限られているはずである。

たとえば、被害者の家族、啓文社の編集者、警察関係者くらいのものだろう。まだ一般の市民にまで情報が伝わってないはずだ。それに、小説エポックがこの短編を掲載するのは七月末の予定である。だから、事件に関係のない者が面白半分にこんな手紙を書いたとは考えられない。「愉快犯」的な傾向のある犯人自身がこれを書いた可能性のほうが高い。むろん、思わぬところから情報が漏れていて、ただの悪戯という線も捨て切れはしないが。

直感的には、これは犯人が書いたものではないかという感じを貴島は持った。

それにしても、犯人はなぜこれほどまでにあの短編と事件を結び付けるのにこだわるのだろう。なぜ犯人を「アイ」という人物に思わせたいのか。

「前にも伺いましたが、悦子さんのあの短編はかなり事実に基づいて作られたものということでしたね？」

悦子の葬儀のとき、彼も的場武彦と同じことをしたのだ。短編のコピーを持参して、それを充子と昌宏に読ませ、あの小説がどの程度まで事実に則していたのか確かめたのである。

「はい。悦子がアイ子ちゃんを殺したというところ以外はすべて事実でございます」

充子はそう答えた。

「あの小説のなかの主人公のように、悦子さんは従妹のアイ子ちゃんを憎んでいたように見えましたか」

貴島も砂村悦子が幼いころ従妹を殺したという箇所はフィクションだと思っている。が、そのようなフィクションを二十七年後に書かせた悦子の従妹への思いというものに興味があった。

「そうだったかもしれません。でも、それは子供のころには誰にでも経験のあることではないでしょうか。わたくしだって、両親が妹のほうをよけい可愛がっているような気がして、妹に嫉妬したこともあります。悦子はひとりっ子でしたから、それが姉妹ではなくて従妹に向けられたのです。とりわけ父親っ子だったので、アイ子ちゃんに父親を盗られたような気がしたのでしょう。主人のほうも、べつに悦子よりアイ子ちゃんのほうが可愛かったわけではなく、不幸な境遇の妹母子に同情しただけだったのだと思います。アイ子ちゃんは、いわば父親に捨てられた子供でしたから、自分がかわりに父親になってやろうと思って、よけいに可愛がったのでしょう。立派な教育者でしたから。でも、可愛さからいったら実の娘にまさるものはありません。子供だった悦子にそんなことがわかるはずもありませんが」

充子は和服の膝に置いた白いハンカチを弄《もてあそ》びながら言った。

「アイ子ちゃんが池に落ちたとき、悦子さんは家にいたのですね？」

「そうです。それは間違いありません。わたくしの部屋で一緒に折り紙をしておりました」

貴島の脳裏に、薄暗い部屋で無心に金や銀の折り紙を折っている美しい母と幼い女の子の姿が一枚の絵のように浮かんで消えた。

「あのころの関係者で悦子さんがアイ子ちゃんを殺したのではないかと疑っていた人物はありませんでしたか」

逆恨みという線も考えられる。

「いいえ。そんな人は誰も」充子はきっぱりと否定した。

「鈴子さんはどうです？」

「妹も事故死だということに納得していました。それに、その妹もその後で――」

「悦子さんの小説だと、鈴子さんの溺死は事故か自殺か判然としなかったとありますが。結局どちらだったんです？」

「それがいまだにわたくしにもハッキリとは。ひどくお酒をのんでいたので、たぶん足を滑らせた事故だろうということになりましたが。ひょっとすると自殺だったのかもしれません……」

充子は暗い目をした。

「アイ子ちゃんのお父さんという方は、その後どうされました？」

アイ子が溺死した。事故にしても自殺にしても、娘の死が原因で鈴子も死んだ。もし、アイ子の死に疑問をもち、悦子を逆恨みする人物がいたとしたら、アイ子の実の父親しかいない。

「あれは人の親なぞと呼べる男ではありません。妹は騙《だま》されていたのです。独身だとばかり思ったら、よそに妻子がいて、結局はこの妻子のもとに戻ってしまいました。それで、妹は籍にも入っていない子供を抱えて路頭に迷ったのです。無責任で小心なだけの、あれは人間の屑でした」

充子は嫌悪を剝き出しにして言い捨てた。妹の一生を台なしにした男を今なお許せないのだと貴島は思った。

「でした、と言いますと？」

「とっくに死にました。鈴子が死んで三年後くらいだったでしょうか、風の便りに聞きました。なんでも屋根の修繕をしていて、誤って落ちて頭を打ったとか。あの男らしい、くだらない死に方でした」

充子の口元にうっすらと冷笑が浮かんだ。

アイ子の父親もとうに故人になっていたとすると、やはり二十七年前の事件が今度の砂村悦子殺害事件と何らかのつながりを持っているとは考えられない。それに、もし、悦子殺しの動機が二十七年前の事件に端を発していたのなら、犯人はあえて自分の動機を暴きたてるようなことをするだろうか。

犯人の思惑は、むしろ、殺しの動機が昔の事件にあるように見せたがっているところにあるのではないか。現場にあんな粉飾をしたり、こんな鏡文字の手紙を書いたりした（この手紙を犯人が書いたものだとすればだが）目的は、真の動機をカモフラージュするためだったのではないか……。

「紫陽花がみごとですね」

里見充子の目がボンヤリと庭のほうに向けられていたので、貴島はすかさず話題を変えた。

「ええ。今がちょうど見ごろです」

固い表情が消え、充子は口元をほころばせた。殺伐とした話から風流な話題に移って思わずほっとしたという感じだった。これも尋問のひとつの手なのだが。

「あそこの白いのは紫陽花に似ていますが、てまり花ですね？」

貴島はすっと指を差した。葬儀のときから気が付いていた。

「まあ、よくごぞんじで。そうです。てまりですの。たいていの人は紫陽花と見分けがつきませんのに」

充子は感心したようなまなざしで刑事を見た。目の色が和らいでいた。

「葉でわかりますね」

てまりという名のとおり、やや青みがかった白い花が毬《まり》状に咲いていた。

「あれは額《がく》でしょう？」

今度は薄紫の、紫陽花よりも花数の少ない素朴な花を指した。額の花ともいう。紫陽花の原種である。

「そうです。お詳しいんですのね。花はお好きですの？」

親しい青年にでも話しかけるように、里見充子は言った。

「詳しくはないですが、好きです。砂村さんは紫陽花がお好きなようですね。あんな野生種まで庭で育てているところを見ると。玄関にも咲いていた」

「昌宏さんが、というよりも、悦子が好きだったのです」

「そういえば、悦子さんの生家の庭にも紫陽花があったと、確か小説のなかで――」

「そうなんです。悦子は子供のころから紫陽花を眺めて育ちましたから。それで好きになったのでしょう。わたくしの嫁ぎ先は水戸の旧家でして、ここよりももっと広い屋敷でございました。雨の季節になると、庭に紫陽花が群がり咲くので近所からは『あじさい屋敷』などと呼ばれておりました。夫は中学の教頭をしていましてね――」

充子は視線を庭に据えたまま、思い出話を問わず語りにはじめた。

充子自身、学校を出ると教師の職に一度はついたこと。そこで里見茂昭《しげあき》と知り合い、結婚。悦子を生んだのが翌年で、二十四だった。五年後、同棲していた男と別れた妹の鈴子が娘を連れて転がり込んできたこと。二人きりの姉妹にすでに両親は亡く、充子は夫に気兼ねしながらも妹母子を引き取らなければならなかったこと。そして、あの事件。悦子が東京の大学に入った翌年、茂昭が脳卒中で逝き、相続税の関係で広大な屋敷を手放して、娘を頼って上京したこと。そして、大学を出てしばらくＯＬをしていた悦子がすすめる人があって砂村昌宏と出会い、結婚。そのまま充子も娘の嫁ぎ先に同居することになったまでのいきさつを語った。紫陽花が引き出した思い出話だった。

「とすると、砂村さんとは見合いだったのですか」

世間話でもするようなソフトな調子で貴島は言った。しかし、たんなる世間話のつもりはない。悦子が砂村昌宏とどのように出会い一緒になったかということは、今度の殺人にけっして無関係だとは思わなかった。

「ええ。まあ……」

充子はやや曖昧《あいまい》な頷き方をした。あの二人が見合いで結ばれたというのは納得がいく。どう見ても熱烈な恋愛の末に結ばれたカップルには見えなかった。

「悦子はしっかりした娘でした。結婚はお見合いで、しかもわたくしのことも引き取ってくださる方でないとと言って。結婚が早かったのもそのためです。トウのたった娘に母親というお荷物までついていたら、もらってくださる方はいないだろうと――」

「そりゃ、そうだろうな」

それまで黙って聞いていた倉田がボソリと呟いた。

「さいわい、昌宏さんのような温厚な方を紹介してくださる方がいて――」

「温厚で財産がある。申し分ないですな」

また倉田が言った。充子はちょっと厭な顔をした。倉田はさっきからイライラしていた。貴島が風流な花談議をはじめたり、そのあげくに事件とは関係なさそうな充子の古くさい思い出話をエンエンと聞かされて、うんざりしていたのだ。音をたてて鼻をかんだり、咳ばらいをしたりして気をまぎらせていたが、いい加減にしろよという気分を募らせていた。

「しかし、なんですな。そんな温厚なご亭主となんでまた別れようなどとホトケさんは思ったんでしょうかねえ」

里見充子は同乗していた車が急停車したときのような顔をした。貴島もやや鼻白んだ。花の話をはじめたのも、里見充子の心を開かせてから、やんわりとそちらに話を持ってゆくつもりだったのだ。しかも、それは成功しかけていた。それなのに、倉田はいきなり核心に迫ってしまった。勇み足もいいとこだ。案の定、充子の表情がにわかに険しくなった。

「それはどういうことでしょうか」

言葉つきもとげとげしくなった。無理もない。貴島はやれやれというように小さな溜息をついた。どこの家庭にでも外部には知られたくない秘密の一つや二つは必ずあるものだ。そういう秘密をひたすら覆い隠して、幸福で円満な振りをしている。そんな人に知られたくない話を聞き出すには、それなりの心遣いと技術を必要とするのだ。刑事だから、事件に関係のあることだからといって、そういう特権を利用して、他人の心のなかまで土足でズカズカ入っていくことは彼にはできなかった。はたから見たらどんなに歯痒《はがゆ》いようでも、あえて回り道をしなければ辿《たど》りつけない場所というものがある。

「ホトケさんが中野にマンションを買ったのは、ご亭主と別れるつもりだったからでしょう。すでに情報が入ってるんですよ。こっちには。離婚したがる理由はなんだったんです?」

倉田は今度は自分の番だというように身を乗り出した。

「そんなことはわたくしはぞんじません。悦子はしばらく執筆に専念したいからと言って、あちらに移ったのです。それ以外のことはわたくしは何もぞんじません」

充子は固い表情で答えた。貝が慌てて蓋を閉じるような感じだった。

「だって、妙じゃありませんか。こんなに広い立派な自宅があるのに、なにも仕事場を別にしなくても。子供がいるわけでもなし、ここでも充分ご執筆とやらに専念できると思いますがねえ」

「悦子はできないと思ったのでしょう」

充子は木で鼻をくくったみたいな言い方をした。

「あのねえ、これは非常に重要な点なんですよ。隠し立てされては困りますな」

倉田は威《おど》すように言って、ガブリと茶をのんだ。

「隠し立てなどいたしておりません」

「娘さんは旦那と別れるつもりだったんだ。それを一緒に住んでいるあんたが知らないわけがないでしょう。理由はなんだったんです？　旦那に女でもできたんですか。それとも、娘さんのほうに男でも？」

「失礼なことを言わないでください」

「失礼だろうとあえて言わせてもらいますよ。もし、娘さんに男ができたのなら、その男がって線も考えられるわけですからね。あんただって可愛い娘を殺した犯人を早くとっつかまえたいでしょう？　だったら協力してくださいよ」

「そんなことは絶対にありません。もう、お引き取りください。今日、来ていただいたのは、その手紙のことで警察の方に知らせておいたほうがいいと思ったからです」

充子は憤然と立ち上がりかけていた。

「そうはいきま――」

倉田は言いかけたが、貴島がそれを制して立ち上がった。

「では、今日はこのくらいで。この手紙は預からせてもらいます」

なんだなんだというように自分を睨みつけている倉田を無視して、さっさとソファに掛けておいた背広をつかんだ。

充子に見送られて、玄関を出ると雨は止んでいた。重たげな薄黒い雲の隙間からギラつくような陽の光が覗いていた。門を出ると、倉田が嚙みついてきた。

「なんで邪魔するんだ？　もう少しで肝心なことが訊き出せたのに」

「あれじゃ、百年訊いてても無駄でしょう」

「なんだって」

「いえ、べつに」

「紫陽花がどうしたのこうしたのと、大学出はガクをひけらかすのがお好きなようですが、ちったあ捜査のやり方を知ってらっしゃるんでしょうね。え？　わたしら花屋じゃないんですよ。刑事ですぜ。刑事。お花の話ばかりしててもしようがないんだよ。わかってるんかね、そこんところが」

「わかってますよ」

貴島は苦笑して言った。

「いやはや、風流なセンセイとコンビ組んじまったな。先が思いやられるぜ、こりゃ」

倉田は聞こえよがしに呟いた。

先が思いやられるという点に関しては貴島も全く同感だった。現場で会ったときから、やけに挑戦的な男なのだ。倉田義男が何かとつっかかってくるわけはなんとなくわかっていた。ひとつは背の高さにある。もうひとつは、たぶん学歴だろう。こういう経験ははじめてではなかった。

もっとも、倉田がつっかかるのは自分だけではないようだ。中野署でも有名な鼻つまみ者だった。触らぬ神にナントカで誰もコンビを組みたがらないという。その理由が今は厭というほどわかる。いわば貧乏くじを引かされたわけだ。こんな相棒を押し付けた課長をひそかに恨みたくなった。

うっとうしいなと、貴島はこっそり相棒を見下ろして思った。が、嫌いではなかった。どこか憎めないところがある。この倉田という奴。どことなく、あの的場武彦に似ていた。こういうタイプと自分は縁があるのかもしれないとも思う。

背広を右肩に引っ掛けて、空を見上げた。一条の光線がまっすぐ地上に射し込んでいた。

3

サロン・パールの硝子扉を開けると、薬品の刺激臭が鼻をついた。

美容師たちがいっせいに、「いらっしゃいませ」とコーラスのように声を揃えた。扉に背を向けて客の髪をいじっていたマダムの服部《はっとり》ミサは、振り向かずに鏡を見て入ってきた者の姿を認めた。にこやかに笑みを浮かべかけた顔がやや強張《こわば》った。入ってきたのが、女の園には場違いな男の二人づれだと気付いたからだ。しかも、その二人には見覚えがあった。数日前、常連の里見充子の件で一度やってきたことがある。ビューティフルとは最も無縁の男たちである。

貴島は砂村邸を出た足で充子と悦子がよく利用していた美容院をもう一度訪ねることを思いついた。前に、充子のアリバイの裏を取るために来たことがある。三人ほどいる若い美容師も、ピンクのケープから手だけ出してけばけばしい表紙の女性週刊誌をめくっていた客も申し合わせたようにジロリとこちらを見た。仕事とはいえ、どうもこういう女臭い場所は苦手だった。

さいわい店内はそれほど混んではいなかった。鏡の前の椅子にも空きが目立つ。マダムに髪をいじられているのが一人。オカマを被ったのが一人と、奥で顔にタオルを載せて髪を洗ってもらっているのが一人。客はそれだけだった。ちょっと話を聞くには好都合だった。

「ユキちゃん。あとはお願いね。根元はあまりきつく巻かないで。笹本《ささもと》さん、ナチュラルがお好みだから」

マダムは見習い風の若い女の子にそう猫撫で声で命じると、作り笑いを浮かべて持ち場を離れて来た。

「何か、また里見さんのことで？」

華やかなファッション雑誌や週刊誌の置いてある長椅子のほうに二人を促した。テーブルの上にはキャンディを詰めた硝子壜があった。

マダムは長椅子に座ると、脚を組み、煙草を取り出して一服つけた。小柄で小太りの五十年配の女だった。洒落た言い方をすればボブスタイルとでもいうのだろうか、漫画の「サザエさん」に出てくるワカメのような髪形をしていた。

「まさか、まだ里見さんを疑ってらっしゃるんじゃないでしょうねえ。いくらなんでも、里見さんは悦子さんの実のお母さんですよ。それに、あの日、三時半ごろ里見さんは家にいましたよ。お宅へ電話したら、ちゃんとお出になりましたからね。あれは充子さんに間違いなかったわ」

服部ミサは眉をしかめてフーッと煙草の煙をそっぽを向いて吐き出した。

「いや、あれは形式的なものでして」

貴島はあたりさわりのない言い方をした。

「今日は娘さんのことでちょっと伺いたいことがありまして」

「悦子さん？」

「悦子さんのほうもここの常連だったとか」

「ええ、そうでしたよ。もっとも、あの方、パーマはお嫌いみたいでカットに見えるだけでしたけどね」

「ご主人について何かおっしゃっていたことはありませんか」

美容院は女たちの社交場のようなものだ。常連たちの家庭の噂や愚痴《ぐち》や自慢話が飛び交う所である。

「ご主人？」

ミサの目がキラリと意味ありげに光った。何か知っていそうな顔つきだった。

「たとえば？」

しかし、すぐに喋る気はないらしい。したたかさを目の底ににじませて逆に訊いてきた。

「そうですね。たとえば、ご主人とうまくいってないとか――」

「亭主に女ができたとかね」横から倉田が口を挟んだ。

「さあねえ。そういう話は聞いたことなかったわねえ。あの人、利口な人だから。なんせ小説をお書きになるような人だもの。わたしたちとはレベルが違うと思っていたんじゃありませんの。たとえ、何かあったとしても、こんな所で話しゃしませんわよ」

マダムの言い方には針を真綿《まわた》でくるんだようなところがあった。砂村悦子のような、「知的な」女は同性からは反感をもたれやすいのかもしれない。

「今度はご主人を疑ってらっしゃるの？」

「そういうわけではありませんが」

貴島は口を濁した。

「ただ――」とミサは、やっと喋る気になったのか、思わせぶりに呟いた。

「あれはあのなんとかいう賞をお取りになった後だったかしら。受賞式があるからって、珍しく髪をセットしにいらしたことがあるんですけどね。賞をお取りになったのがよほど嬉しかったらしくて、いつもよりお喋りで、仕事場を探しているって話になって。そのとき、これでやっと独りになれるって口を滑らせたことがあったわね。せいせいしたような口ぶりで」

「せいせいしたような口ぶりね……」倉田がしかめっつらをして言った。

「悦子さんて、主婦業にむいてなかったみたい。家事もあまりやらなかったようだし。料理やいっさいの家事は全部充子さんがやってたのよ。ご主人がおふくろの味が好きで、彼女が作るより充子さんの作ったもののほうが喜ぶんですって」

「砂村さんとの結婚に、もともとそんなに乗り気じゃなかったんじゃないかしら」

オカマを被っていた客の頭からロットをひとつひとつ取り除きながら、やや年かさの美容師が口を挟んだ。ロットを取られた客の頭はマリー・アントワネットが化けて出て来たような凄まじい髪形だった。仮装パーティにでも出るのだろうか、と貴島はひそかに驚嘆して思った。

「悦子さん、お母さんのために仕方なく砂村さんと結婚したってところがあったのよ。いまどき、母親まで引き取ってくれる相手なんてそうざらには見付からないものね。砂村さんのほうも四十近くなっていたのに、なかなか話がまとまらなくてね。少し焦っていたんじゃないかしら。あの人、いい人なんだけど、風采あがらないし老けて見えるから、向こうから断わられてたみたい。そこへ、あんな若い美人との話でしょう。コブ付きならぬ母親付きでもいいからってかなり乗り気になったらしいわよ」と、マダム。

「今は男が売れ残る時代なのよねえ」

小気味よさそうに、さっきの年かさの美容師が言った。荒れて染みの浮き出た左手の薬指には指環をはめてはいなかった。倉田がいまいましげに指の関節をポキポキと鳴らしていた。彼も四十近くなってまだ「売れ残っている」クチだったからだ。

「あたしはそういう結婚って厭だな。打算的な感じがしてさ。やっぱり愛がなくちゃ」

丸顔のタヌキのような顔をした十七、八の美容師が潔癖そうに口を尖らせた。

「まあ、そういう青臭いことを言っていられるのも二十五までだね」

年かさの先輩は口元に皺を刻んでジロリと若いほうを見た。

「だから、悦子さんが離婚を考えていたとしても、亭主に女ができたとかそういう特別な理由があったわけじゃなくて、ただたんに自活していくめどがついたので独りになりたかったからじゃないかしら。独りっていいわよ。わたしも亭主が死んでから人生がバラ色に見えるようになったもの」

服部ミサはメリー・ウィドウのようだった。それにしても、死ぬことによってしか、妻にバラ色の人生を提供できなかった男とはどんな男だったのだろうと、貴島はチラリと考えた。捜査とは関係ないが。

「作家なんていいわよね。印税とかいうのがガッポリ入ってくるんでしょ。下手な男に養ってもらうよりよっぽどいい暮らしができるわよね」

「それは売れる作家でしょ。作家ったってピンからキリまであるのよ。売れてるのはごく一部じゃない。どこの世界でもそうだけどさ。わたしの知り合いに旦那が作家をやっている人がいるけど、年収が五十万にも満たないんですってさ」

と、マリー・アントワネットの亡霊のような客が嬉しそうに口を挟んだ。四十代の水商売風の女だった。

「一桁違うんじゃない？　それとも月収？」

マダムが信じられないというように声を張り上げた。マリー・アントワネットは冷然と猪首《いくび》を振った。

「年収。もっとも、その人、純文学だけどね」

「ああ、それじゃあ――」女たちは納得したようにいっせいに溜息を吐いた。

「でも、年収五十万で食べていけるんですか？」

若い美容師が無邪気に訊いた。

「生きてはいるようよ。まだお葬式の通知きてないから」

客は手鏡で髪形を入念にチェックしながら、そっけない声で言った。

「もっとも、年収五十万じゃ、葬式も出せないかもしれないけどね」

「悦子さんは確かミステリーでしょう。ミステリーなら売れるんじゃないの」

「純文学よりは売れるかもね」

「だけど、彼女、離婚したらお母さんのことどうするつもりだったのかしら」

年かさの美容師が呟いた。いつのまにか女たちの口は滑らかになっていた。二人の刑事はただ黙って座っているだけでよかった。

「当然、中野のほうに引き取るつもりだったんじゃないの」

マダムがそう言うと、

「そうかしら。あそこのうちってさ、なんか、ご主人とお母さんが夫婦みたいじゃないの。すごく仲良いいし」

むこうで客の髪を洗っていた美容師が手を拭きながら話に加わった。ひどくハスキーな声のボーイッシュな若い子である。黒のブラウスに黒のスリムのジーンズ。痩せぎすで胸など洗濯板のようだった。

「ゴロウちゃん。あなた、悦子さんの担当が多かったじゃない。何か彼女から聞いたことない？」

マダムが言った。女の子かと思っていた美容師はどうやら男のようだった。倉田はニューハーフ風の青年の頭の先から足のつま先までジロジロ眺め回していた。

「うーん。べつにこれといって……。ただ、彼女、ちょっと変わってたわね。鏡が嫌いらしくてね。なかなか見ようとしないのよ。カットのとき、下向いて週刊誌なんか読んでるもんだからやりにくくってしようがなかった。左右が揃わなくってさ。ねえ、ところで、あなたさ、ちょっと髪形、変えてみる気ない？」

貴島はいきなりゴロウちゃんなる美容師にそう言われて、面食らった。

「え？」

「そのダサい髪形、なんとかしたら見違えるようになるわよ。前、来たとき、アタシそう思ったんだわ。男にしちゃ、細い奇麗な髪してるし」

「いや、今のところ、間に合ってます」

貴島はうろたえて思わず頭を押えた。美容師の手にはいつのまにか、よく切れそうな鋏《はさみ》が握られていたからだ。めったなことには動じない男だが、こういう手合いには弱い。

「いやあね。新聞の勧誘じゃないのよ。でも、勿体ないわあ。ぜったい、もっとよくなるのに。それとも、なに。警察官ってお洒落しちゃいけないというキマリでもあるわけ？」

「奨励はされていませんね」

「つまんないのね。刑事って」

「つまんないんですよ。なんせ三Kと呼ばれるありがたい職業ですから」倉田が怨念をこめた口調で言った。

「キタナイ、キケン、えーと、あと一つはなんだっけ？」ゴロウちゃんは鋏を持っていないほうの指を折った。

「思い出したくもないね」と倉田はにべもない。

「あ、そうそう。それで、悦子さんのことだけど」

ゴロウちゃんは片手の鋏をカシャカシャ鳴らしながら、コロッと話題を変えた。猫の目のような頭の持ち主らしい。

「一度、妙なこと言うのよ。珍しく鏡をじいっと見てたかと思ったら、アタシにね、言うの。ほら、いつだったか、里見さんと一緒にみえたときよ。鏡って怖いわねって。どうしてってきいたら、鏡のなかにいるのは自分じゃないような気がするからって。子供のころからずっと別人だと思ってきたって。おかしなこと言う人だなあって、あのとき思ったわ。小説、書くような人の頭って、やっぱりどこか普通の人と違うのかしら。でも、そのとき、変な感じがしたわ。だって、鏡のなかの悦子さん、本当に別人みたいに見えたんだもの……」

V章 失踪

1

七月八日、日曜日。午後十時だった。

的場敦美は両手に土産の詰まった紙袋を提げて、おぼつかない足どりでコーポ大沢《おおさわ》の階段を昇っていた。おぼつかない足どりといっても、酔っぱらっていたわけではない。おろしたてのハイヒールを履いて行ったおかげで、両方の踵《かかと》にまめができて潰れ、歩くたびに飛び上がるほど痛いのだ。

ほんとに父さんたら人騒がせなんだから。

父が倒れたという知らせを母親から電話で受けたのが、木曜の夕方だった。それで、とるものもとりあえず、新幹線に飛び乗ったのだが、敦美が静岡の実家に血相かえて駆けつけたころには、安静に寝ているはずの父親はピンピンしていて、大あぐらで好物の焼き鳥に食らいついていた。

　倒れたというのも、よく聞いてみると、長風呂をしすぎて脳貧血をおこしたにすぎなかった。久し振りに娘の顔を見た父親は前よりも元気になって、せっかく来たんだから、二、三日泊まっていけやとしきりに薦めた。上げ膳据え膳の待遇についつい里心がついてしまい、三晩も逗留《とうりゅう》して今ご帰館したというわけだった。

　部屋の前まで来て、敦美は「あら」と小さく声に出した。戸口の新聞受けに新聞が差し込まれたままになっていたからだ。土曜の夕刊と日曜の朝刊である。新聞が取り込まれてないということは……。

　武彦が外泊したということを指し示していた！

　まさか、鬼の居ぬ間のナントカではなかろうか。木曜の夜、電話したとき、「ゆっくりしておいで」なんて猫撫で声を出したのも、さては――。

　女性関係を疑ったわけではない。まだまわりからは新婚さんと呼ばれているのだ。その心配だけはないと思っていた。武彦が外泊するとしたら理由はひとつだ。呑めないほうだから、酒でもない。

　麻雀《マージャン》。まず間違いない。でもこっちも実家で羽根を伸ばしてきたんだから、これでおあいこか。それに彼の麻雀は半ば仕事のようなものでもある。たいていが作家やイラストレーターのお付き合いなのだから。

ドアを鍵で開けて暗い玄関に入ると、蹴飛ばすようにしてハイヒールを脱ぎ捨てた。電気のスイッチを点けて、ダイニングルームに入った。中はさほど散らかってはいなかった。流しに食べ滓《かす》のついた食器がそのままになっていることもなかった。ただ、テーブルの上に土曜の朝刊が皺だらけになって投げ出されており、灰皿には煙草の吸い殻が山になっていた。

武彦は何かを待っているときや考えごとをするとき、やたらと煙草を吹かす癖があった。敦美はクーラーのスイッチを入れて、伝言板を見た。ミニ黒板には、木曜に敦美自身が書いていった「実家の父が倒れた」という伝言が消されずに残っていた。木曜の夜にかけた電話で、「日曜には帰る」と言っておいたので、彼もそのころには帰っているつもりだったのだろう。だから、出掛けるとき伝言を残していかなかったのだ。

そのうち帰ってくるだろう……。敦美は大きなあくびをした。そのとき、結婚祝いにもらった鳩時計がポッと鳴った。

七月九日、月曜日。

　小説エポック編集部のデスクはがら空きだった。電話番の速水辰雄だけが、相変わらず乱雑きわまる机の狭いスペースを最大限に活用して書き物をしていた。

　電話が鳴った。速水は反射的に受話器を取った。

「はい。小説エポック編集部！」

「望月《もちづき》だけど、的場君いる？」

　ひどく不機嫌な中年男の声だった。望月といえば、ハードボイルド作家の望月鷹生《たかお》にちがいない。人気作家だ。

「あ。これはいつもお世話になっております。えーと、的場は今ちょっと出ておりますが――」

「おれ、もう三十分も待ってんだぜ。どこ、行ったかわからない？」

　くわえ煙草で話しているような声である。ソウル風の音楽がかすかに聞こえる。喫茶店からかけているらしい。

「さあ、それが――」

「あのさ。おれ、相手が絶世の美女でも、三十分以上待たない主義なんだ。だから、もう帰るぜ。原稿はしようがないから、これから速達で送る」

「あ、あの」速水が口ごもっているうちに、電話は一方的にガチャリと切れた。

どうやら、的場は今日、望月鷹生と喫茶店で会う約束をしていたらしい。むろん、原稿を受け取るためだろう。望月は遅筆のくせに気は短いから、待たされて腹を立てたのだろう。

それにしても変だな。的場さんらしくない。速水は鉛筆の尻で額を軽く叩きながら思った。時間にはうるさい人なのに。待たされることはあっても待たせることはめったにしない男だった。

妙なことはもう一つある。今日は一度も社に姿を見せていないということだ。といって欠勤とは考えられない。小説エポックの締切りは一応月末だが、作品が入りはじめるのは翌月の頭からである。この原稿が入りはじめる月はじめは、校了、つまり原稿・イラスト・広告等が全部揃ってあとは印刷するだけという状態にする時期と並んで、雑誌編集者にとっては最も忙しい時期だ。それを知らない的場ではない。こんな時期に無断欠勤など考えられないのだ。それに急病か何かだったら、家族から連絡が入るはずである。前の晩担当の作家と遅くまで飲み過ぎたときなど、出社せずに直接打ち合わせや原稿取りに行く場合もある。だが、的場がそうするのは珍しいことだった。それに、今の望月の電話からすると、そうでもないらしい。

「変だなあ」速水は声に出して呟いた。

「何が変なの？」

背後から声をかけられて、速水は驚いて振り返った。副編集長の向田がニヤニヤしながら立っていた。猫のように足音を忍ばせて歩く男なので、こういうことがしばしばある。

盛大な咳ばらいやくしゃみで常に存在を誇示している編集長とは大違いだ。

「今、望月先生から電話がありまして、的場さんと喫茶店で会うはずだったのに三十分待っても現われないって」

「それはおかしいね」

向田の顔からニヤニヤ笑いが消えた。

「あの時間にうるさい男が」

「でしょう？　今日、まだ社のほうにも来てないみたいだし」

「鬼のカクランかな」

「でも、急病だったら奥さんが連絡してくるんじゃ？」

「そりゃどうかな。あそこのカミさん、呑気《のんき》だから。ちょっと、電話入れてみたら？」

「はい」速水は受話器を取ると、番号をプッシュした。しばらく、話していたが、狐につままれたような顔で受話器を置いた。

「なんだって?」向田が訊く。

「それが変なんですよ。奥さん、何て言ったと思います?」

「なんだよ」

「主人、会社じゃないんですかだって」

「ええ?」

「的場さん、土曜の夜から帰ってないそうです」

2

「そういえば、あのとき、様子が少しおかしかったわ……」

河野百合は、左手でスプーンをつまみ、思い出すような顔つきでティーカップの中身を掻き回しながら言った。藍色のスーツがよく似合っている。長袖だったが、体格がほっそりしているので、暑苦しい感じは全くしない。長い髪を同色のリボンで結んで右胸のあたりにたらしていた。入ってきたときは、口ひげのように、うっすらと鼻の下に浮かんでいた汗の玉も冷房のおかげで今はすっかりひいていた。

啓文社近くの喫茶店である。

「それは金曜の夜のことですね？」

貴島柊志は話を促すように訊ねた。

「ええ。金曜の夜十一時くらいのことです。彼とは高田馬場《たかだのばば》駅で別れたんです。私は住《す》居《まい》が品川《しながわ》ですので、江古田の彼とは方向が逆ですから」

的場武彦が失踪した。土曜日の夕刊が取り込まれていなかったことから、家を出たのが七月七日の午後四時ごろより前であることまではわかっていた。が、その後の消息がフッツリと途絶えていた。捜索願いを出した的場の妻の話だと、なんの連絡も入れずに幾晩も外泊することなど今までになかったという。勤め先の上司や同僚の話も同様である。啓文社に勤めて七年になるが一度も無断欠勤をしたことはないという話だった。

となると、何らかの事件に巻き込まれた可能性が高い。中野の殺人事件を担当している貴島には管轄違いの事件ではあったが、的場武彦の失踪があの殺人と全く無関係だとは思えなかった。的場はあの事件の関係者なのだ。それに、的場の妻の話では夫が突然姿を消してしまうような心あたりは他には全くないということだった。

砂村悦子殺害事件のほうはあれから目覚ましい進展はなにもなかった。現場に髪の毛を残していったO型の女性の正体はいまだにつかめない。悦子の交友関係を洗ってみても、なんら手掛かりになりそうな発見はなかった。砂村邸のポストに奇妙な鏡文字の告白文を入れていった人物についても、有力な情報は得られていない。犯人は人気のなくなった深夜か明け方ごろ、こっそり直接ポストに放り込んでいったものらしい。使われた封筒も便箋も市販のありふれたもので、そこから手掛かりを得るのは難しい。むろん、封筒からも便箋からも犯人のものらしき指紋は検出されなかった。もし、的場武彦の失踪が中野の事件とかかわりがあるとしたら、これがあの不可解な事件を解決に導く突破口になるかもしれなかった。

的場の足取りを追ううちに、彼が七月六日の午後十一時ごろまで同僚の河野百合と一緒だったことが河野自身の申し出でわかった。一緒といっても二人が秘密のデートでも愉しんでいたというわけではない。

百合の話はこうだった。

「金曜の午後、三時ごろだったと思います。的場さんとは馬場の三枝《さえぐさ》先生のマンションで偶然一緒になったのです」

三枝美成《よしなり》は高田馬場に仕事場をもつ四十三歳のデザイナーである。装丁の仕事の傍らに、幻想的な画風の挿絵も描くという。

「的場さんは砂村悦子さんの未完の短編の挿絵を三枝先生にお願いしていたんです。その挿絵ができたというので取りに見えたんです。私も書下ろしシリーズの装丁の件で伺っていたのですが。三枝先生はちょうど一仕事終えたというので、私たちの顔を見ると、今晩麻雀でもしようじゃないかと言われました。あの先生は麻雀狂なんです。目と鼻の先にご自宅があるのに、わざわざ仕事場を別にしているのだって、家族に気兼ねなく麻雀をするためなんですから。

私も的場さんも嫌いなほうじゃありませんから、すぐに話はまとまりました。特に的場さんは奥さんが実家に帰っているからと言って、いつもより乗り気のようでした。いったん社に戻って六時ごろ、もう一度伺うと、他の社の編集者が狩り出されてきて、メンツが揃いました。それで始めたんですけど、妙なんです。十一時近くなって、私がお暇《いとま》しようとすると、的場さんも待っていたように腰を浮かして『ぼくも帰る』と言い出したのです。私は女ですから、徹マンのお付き合いまではできかねます。頃合いをみて帰るつもりだったのですが、てっきり泊まっていくだろうと思っていた的場さんまで突然帰ると言い出したので、三枝先生も驚かれたようです。ずいぶん引き留めたのですが、的場さんは何か他のことに気を取られて麻雀などに身が入らないという様子で、さっさと靴を履いてしまいました。それで、馬場の駅までご一緒して、そこで別れたのです……」

「何かに気を取られていたというのは、麻雀をはじめたころからでしたか？」

そう訊ねると、百合は首を横に振った。

「いいえ。はじめたころはそんな素振りはありませんでした」

「麻雀以外のことに気を取られるようになったのは何時ごろからです？」

「それが――」百合は考え込むように、視線をテーブルの縁に据えたまま、左手でシガレット・ケースを探ると、中から茶色の細巻きの煙草を取り出した。

「あのときからじゃないかと思うんですけど――」

カチリと音をたててライターで火をつけた。一瞬の炎に鼻筋の通った白い顔が浮かび上がった。

「あのとき？」

「三枝先生がお酒を注文したんです。近くの酒屋に。あれは八時ちょっと前だったかしら。あの先生は大の日本酒党で、馴染みの酒屋に電話で注文したんですが、しばらくたってお酒を届けに来た店員とちょっとトラブルがありまして」

「トラブル？」

「ええ。注文した酒が違うって先生が言い出したんです。確か『鬼ころし』とかいうお酒を注文したはずだって。ところが、酒屋の使いの人は、『いや、電話の注文はこれだった』と言い張って。電話を受けたのがこの店員だったらしいんです。先生はそれでも、

『おれが頼んだのはそれじゃない。いつものやつって言ったじゃないか』とやり返して。するとお店の人も譲らず、『だから、いつものやつです』。どうも話がかみあわないと思っていたら、先生の勘違いだったことが問答の末にわかったんです。三枝先生はうっかりして別の酒屋に電話をかけていたんです。先生が電話をかけようとしたのは、日吉《ひよし》酒店という店だったのですが、川田《かわだ》ストアという店に間違ってかけてしまったんですね。ずぼらな人ですから、酒屋の電話番号なんか覚えていなくて、いつもそのへんに転がっている店のレシートを見ながらかけていたんだそうですが、日吉のレシートだとばかり思っていたのが、実は川田のほうだったんです。川田のほうは日吉が休日のときなど、何度か利用したことがあったので、『三枝だが、いつものやつ』という注文で通じてしまったんですね。でも、川田のほうには先生のお好きな『鬼ころし』がなくて、いつも別の酒をしかたなく買っていたそうなんです。それで、先生としては日吉に『いつものやつ』を注文したつもりが、川田のほうでは別の『いつものやつ』を注文されたと思い込んでしまったわけなのです。まあ、わかってみれば他愛もない話で、結局、大笑いしておしまいになったのですけれど」

「そのあと、的場さんの様子がおかしくなったのですか」

「すぐにというわけではありませんが。だから、それが原因かどうかはわからないんです。でも、他にきっかけになりそうなことはありませんでしたし……。そのときは『オッチョコチョイだなあ、先生は』と笑っていたのに、しばらくたって、急に口数が少なくなって、今ひとつゲームに身が入っていないように見えました」

百合は半分ほど吸った煙草を揉《も》み消した。灰皿の上で左中指の金の細いファッションリングがキラリときらめいた。

「それから、馬場の駅で別れ際に妙なことを的場さん、私に言うのです。それもいきなりです。ずっと頭のなかでそのことを考えていて、つい口に出したという感じでした」

「なんと？」

「こう言いました。『河野さん。犯人は本当に鏡を抜けて出て行ったのかもしれないぜ』って。すぐに砂村さんの事件のことだとわかりました。的場さんはずっとあの事件のことを考えていたようなのです。三枝先生のマンションを出て、駅へ着くまでの道程もずっと黙って何か考え込んでいるようでしたし。普段はもっとおしゃべりな人なので、どうかしたのかなと思っていたんですけど」

「そのとき、これからどこかへ行くとか誰かに会うとか言ってはいませんでしたか」

「いいえ。何も。ただ、今言ったようなことを独り言のように言っただけで」

「ところで、ちょっと話を変えますが」

貴島は言った。

「はい？」

百合は身構える風もなく顔をまっすぐあげて刑事を見た。

「河野さんは確か砂村悦子さんの受賞作を出したときの担当者でしたね」

「ええ、そうですが」

「二作めの長編の担当でもあったわけですね」

「ええ。今うちでやっている書下ろしシリーズにさっそく彼女も加えようという話になっていましたので」

「中野のマンションには行ったことがありますか」

「いいえ。そのうち何おうと思っていた矢先にあいうことになって」

邪気のない目だ。貴島はそう思った。まっすぐ自分を見詰めている河野百合の目は少女のように澄んでいた。警戒の色もない。何かを企んでいるようにも見えない。訊かれるままに素直に答えているという目だった。

思いすごしかな……。そう考えながら、ライターを弄んでいる彼女の左手をちらりと見た。なぜ、この女にこの質問をもっと早くぶつけてみなかったのだろう。

「六月二十一日の午後三時から四時ごろまで、あなたはどこで何をされていましたか」

3

「アリバイ、ですか?」

河野百合はそう問い返して、ふっと笑った。突然の質問にさして驚いたふうもない。予期していたかのような落ち着き方だった。

「六月二十一日の午後三時から四時までといえば、鎌倉《かまくら》に行っていました。書下ろしの件で坂の下にお住まいの柘植清子《つげきよこ》先生をお訪ねしたのです」

柘植清子といえば年配のミステリー作家である。女性的な華やかな作風のなかにもロジックの線が一本通った本格ものの書き手として知られている。

「午後一時すぎに社を出まして、先生のお宅に着いたのが、三時ごろだったと思います。それで、一時間ほど先生と鎌倉文学館を見てまわりまして、先生のお宅を出たのが五時ちょっと前だったかしら。先生とお手伝いの方が証人になってくださると思いますけれど。それとも何日も前のアリバイをこんなふうにスラスラと答えてはかえって怪しいかしら。手帳を見て思い出す振りでもしましょうか」

悪戯《いたずら》っぽく目をきらめかせて、小首を傾げた。貴島は苦笑した。

「いずれ、そういう質問を受けるだろうと思ってましたの。なぜ、刑事さんが突然私のアリバイを訊く気になったか、その理由をあててみましょうか」

　百合は微笑を含んだ顔つきで、左手をひらひらさせて見せた。

「これ、でしょう。スプーンを持つのも煙草を持つのも左手ということは、この女は左利きではなかろうか。そうお考えになったんじゃありません？　そんな目つきでさっきから手ばかり見てましたもの。おまけに背丈も中背で砂村女史を刺し殺した犯人の条件にあてはまる。しかも担当編集者となれば仕事場に通されても不思議ではない。もしかしたら、この女が……と？」

「そのとおりです」

　率直に認めた。

「でも、おあいにくさま。私はにわかギッチョですの。本当はレッキとした右利きなんですよ」

　百合はそれまで膝に置いていた右手を差し出して、長袖の袖口を少しめくって見せた。手首の所にテーピングがしてあった。

「昨夜、うちで美容体操のまっ最中に右手首を捻挫《ねんざ》してしまったんです。動かすとまだ痛いので、左手ばかり使っているというわけなんです」

「美容体操が必要なようには見えませんがね」

「そう言っていただくために必要なんです」

「なるほど」

頭の良い女だ。それにしても、右手首を捻挫するような体操のポーズというものはどんなものだろう、と貴島は考えたが、うまく頭に思い浮かべることができなかった。隣りの倉田義男は珍しく死んだように無口だったが、彼も同じことを考えているような顔つきをしていた。

「しかし、犯人が左利きで中背だとよくわかりましたね」

「あら、だって、砂村さんは右脇腹を刺されていたのでしょう。だとしたら……。もっとも、これは的場さんの推理ですけど」

百合は悦子の葬儀のとき、的場武彦と話したことをかいつまんで刑事に話した。

「的場さんは犯人は中背で左利きの女だと思っていたようです。しかも、絨毯にわざわざ奇妙な血の足跡をつけたのも、犯人が自分の特徴をカモフラージュするためではないかと」

やはり、的場は的場なりに素人探偵の真似事をしていたようだ。河野百合の話を聞けば聞くほど、的場武彦の失踪は中野の殺人と無関係とは思えなくなる。旺盛すぎる好奇心が命取りにならなければいいのだが……。

　何か厭な胸騒ぎがした。

「でも、その推理は後でちょっとおかしいなと思いました。だって、犯人は凶器を現場に残していかなかったのでしょう？　現場にあった刃物を咄嗟《とっさ》に使ったのなら、持ち去るよりも、指紋を拭って置いていくはずですよね。もし、凶器を犯人が持参したのなら、最初から殺意があったということになります。発作的な犯行なら的場さんの推理も成り立つかもしれませんが、計画的なものなら、後で慌てて自分の肉体的な特徴をカモフラージュするような真似をするでしょうか」

　百合の言うとおりだ。何よりも不可解なのは、なぜ犯人が鏡の前まで血染めの足跡をつけたのかということだ。この謎さえ解ければ、事件の核心にいっきに迫れるような気がした。

「あの、もうよろしいでしょうか。そろそろ社に戻らないと――」

　河野百合は腕時計をチラリと見ながら、おずおずと言った。

「これはどうもお仕事中お呼び立てしてしまって。どうぞ、もうお引き取りになって結構です」

　百合はほっとしたような表情で立ち上がると、一礼して出て行った。爽《さわ》やかでシャープな香水の香りが彼女の座っていたあたりにまだほのかに漂っていた。

「わりかし美人ですな」

はじめて倉田がボソリと呟いた。貴島は少々驚いて相棒の顔を見た。気のせいか、倉田の仏頂面は薄赤く染まっていた。そういうわけでおとなしかったのか。意外に純情なんだな……。

あいにく彼のほうはそんなに純情ではなかったので、さっそくポケットからハンカチを取り出すと、灰皿のなかの薄く口紅のついた吸い殻をそれに包んだ。倉田がそれを幾分咎《とが》めるような目つきで見ていた。

「さて、では行きましょうか」

伝票をつかんで立ち上がりかけると、倉田はびっくりした目で「どこへ？」と訊いた。

「鎌倉ですよ」

4

「たしかに六月二十一日に河野さんはいらしてますわね。書下ろしの打ち合わせにみえたのです。午後三時ごろにみえてます。そのとき、ちょうど私は鎌倉文学館へ散歩がてらに行こうとしていまして、河野さんもお誘いしたのです。それで自宅に戻って来たのが四時すぎ。あとは打ち合わせをして、帰られたのが五時少し前でしたわ」

柘植清子は開いた日記帳を見ながら言った。

初老のミステリー作家の自宅は鎌倉市坂の下四丁目にあった。江の電を長谷《はせ》駅で降りて、大仏通りから左手にはずれたところにある、煉瓦と白いコンクリート造りの洒落た二階家である。手入れのよく行き届いた芝生には丸テーブルと椅子が置かれていて、コリーの子供が二匹、その上を転げ回って遊んでいた。傍らには穏やかな目をした、毛並みの美しい母犬が優雅な姿勢で寝そべっている。

隣家からはたどたどしいピアノの音色が聞こえてきた。

女流作家は数年前やはり時代物の作家だった夫に先立たれてから、お手伝いの野本菊江《のもときくえ》と二人暮らしのようだった。おっとりした物腰の、品のある銀髪の婦人である。べっこう縁の眼鏡から覗く目は、いかにも作家らしい好奇心に輝いており、二重顎が子供のような愛嬌を湛《たた》えていた。

「念のためにどうぞ。ご自分の目でお確かめください」

作家はそう言って、開いた日記帳を二人の刑事のほうに回した。目を通してみると、作家の言うとおりだった。流麗なペン字でその日のことが記されていた。

「砂村さんの事件のアリバイを調べていらっしゃるのでしょう？　河野さんに何か疑わしい点でもありますの？」

「いや。一応、関係者ということで、形式的なものです」

「確か砂村さんが殺されたのは、六月二十一日の午後三時から四時の間でしたね。でしたら、河野さんのアリバイはあるんじゃありません？　そのころでしたら、私と一緒に鎌倉文学館にいたのですからね」

エプロンをつけた野本菊江らしき中年女性が飲み物を運んできた。

「ねえ、菊江さん。あなたも覚えているでしょう。ほら、啓文社の河野さんが見えた日のこと」

「はい、覚えてますよ。日にちまではよく覚えてませんが」

野本菊江はそう答えた。

「でも、これだけでは完璧なアリバイとは申せませんわね。ひょっとしたら私が河野さんとグルで口裏を合わせているかもしれませんから。この日記だって、アリバイ工作のために偽造したものという考え方もできるわけですからね。日記の偽造なんてミステリーの世界ではよくある手ですわ。あと、菊江さんの証言だって、私の身内みたいなものですから、あてにはなりませんしね」

さすがに年季の入ったミステリー作家だけのことはある。こちらの疑惑を先取りしていた。貴島は開きかけた口を閉じた。

「困ったわね、と言いたいところなんですけど、そうでもないんですの。河野さんがあの日鎌倉に来ていたことを物理的に証明できるものがありますのよ。これですの」

作家は日記帳を開いて中に挟んでおいたらしいものを取り出した。写真のようだ。

「ちょっと拝見」

手にとって見ると、青い屋根の瀟洒《しょうしゃ》な洋館の前で河野百合が笑っている写真だった。写真の右下には日付が入っていて、「90・6・21」と読めた。

「鎌倉文学館ですのよ。すてきな洋館でしょう。前田家の別荘だったところなんです。三島由紀夫が、『春の雪』を書くときにモデルに使ったところですのよ。訪ねたときに記念写真を撮りましたの。というか、本音を言うと、河野さんの写真が欲しくて、お誘いしたんですけど」

柘植女史は、そう言ってくすっと笑った。

「と申しますと？」

「お見合い写真」

「え？」

「私、河野さんを最初見たときから気に入ってましてね。独身だって聞いてましたから、うちの甥っこの相手にどうかしらと思って、前からなんとかあの方の写真を手に入れようとたくらんでいましたの。それで、あの日、記念写真という名目で――」

「はあ、そういうことですか――」

「とにかく、それを見れば彼女が六月二十一日に確かにここに来ていたことの物理的な証明になるでしょう?」

「しかし――」

貴島が言いかけると、作家は笑いながら遮った。

「まだ完璧とは言えないとおっしゃりたいんでしょう。写真の日付は確かに六月二十一日でも、時刻の表示はありませんからね。砂村さんを中野で殺してから、鎌倉に駆けつけ、その写真を撮ったという可能性もあるとお考えなのではありませんか? でも、それはありえませんね。なぜなら、中野から鎌倉文学館まで、まず二時間以上はかかります。三時に砂村さんを殺したとしても、文学館に着くのは五時すぎですね。ですが、この文学館は四時に閉館になってしまいますから、五時では中に入って写真を撮ることはできません。それから、こういう可能性も考えられます。殺人のあとに文学館に来たのではなく、先にこちらに来て、あとで中野に行ったのだということも。しかし、これも物理的には不可能ですね。だって、三時に文学館で写真を撮って、その足で中野へ引き返したとしても、着くのはどうしても四時を回ってしまいますでしょう。ですから、この写真が彼女のアリバイを証明してくれるというわけなんですわ。それに、あの日、彼女が社を出たのは一時前後だったでしょうから、そのことをどなたかが証明してくれれば、アリバイは完璧と言えるのではないでしょうか」

「なるほど――」

二人の刑事は同時に唸った。

「ちょっとお待ちください」と女流作家は何を思い付いたのか、ふいに席を立った。が、やや間があって戻って来ると、手に持っていた紙のようなものをテーブルに置いた。

「鎌倉文学館」と印刷されたパンフレットである。写真と同じ（撮った角度は違うが）洋館のモノクロの写真が載っていた。

「ここに、開館時間は午前九時から午後四時半までと書かれていますでしょう？」

栢植女史の言うとおりだった。

その後、啓文社の同僚から、河野百合が六月二十一日の午後一時近くまで社にいたという証言が得られ、彼女のアリバイは成立した。

おまけに、百合が吸った煙草の吸い殻から彼女の血液型が判明した。Ｂ型である。現場に残されていた髪の毛の血液型とは一致しなかった。

河野百合はシロだった。的場武彦に関する百合の証言は信用してもいいことになる。的場があの夜午後八時以降から急に麻雀に身が入らなくなったようだというのは、装丁家の三枝美成からも同様の証言が得られていた。

失踪して七日が過ぎようとしていたが、的場武彦の行方は杳《よう》として知れなかった。

的場は一体何を発見したのだろう。そしてどこへ行ったのか。百合が言ったように、例の酒屋の一件に何か関係があるのだろうか。そして、的場が高田馬場駅で別れぎわに河野百合に言った言葉の意味は？

「犯人は鏡を抜けて出て行ったのかもしれない」とは……。

謎はまだある。
一、砂村悦子を殺した犯人はなぜ鏡の前まで血染めのスリッパで歩くような真似をしたのか。
二、犯人はなぜ砂村の短編の原稿だけを持ち去ったのか。
三、犯人はどうやって現場を密室にしたのか。
砂村悦子の身辺をいくら洗っても、彼女に殺意を抱くような人物はいまだに浮かび上がってはこなかった。強いて言うなら夫の昌宏である。悦子は作家としてデビューできたのを機に、昌宏と別れるつもりだったようだ。身勝手な若い妻にひそかに殺意を抱いたとしても不思議ではない。可愛さ余って憎さ百倍ということもある。

が、昌宏には動機があっても、物理的に悦子を殺すことは不可能だった。彼には犯行時間には大森の店にいたという完璧なアリバイがあるのだ。しかも、そのアリバイを証明するのは、一人や二人ではなかった。従業員になら嘘の証言を強要することもできたかもしれないが、客にまで強要できたはずがない。

貴島はある非現実的な思いにとらわれた。

砂村悦子を殺す動機を持ち、犯行が可能だった人物が一人だけいる。

それはアイだ。

もしかすると、悦子は幼いころ、本当に殺人を犯したのかもしれない。従妹のアイ子を池に突き落としたのはフィクションではなかったのかもしれない。二十七年前の幼女のアリバイを証明したのはその母親なのだ。

「悦子はあのときわたくしと一緒に部屋で折り紙をしておりました」

里見充子はそう言った。だが、もし、これが娘を庇《かば》うための嘘だとしたら……？

VI章　第二の殺人

1

夏木立ちから降るような蟬《せみ》の声が聞こえる。

七月十四日。土曜日の午後だった。

半円形の池のある公園内の丸い時計は三時をさしていた。ブランコでは数人の子供たちが歓声をあげて遊んでいる。

苔《こけ》むした石段を昇ったところにある、青い蔦の這う石塀に沿った舗道で少女が二人バドミントンをしていた。両側に建ち並ぶ邸宅の庭木が塀ごしに覆いかぶさって、夏の陽射しを遮ってくれる。舗道の脇には刈り取られたひのきの残骸がきつい匂いを撒き散らしていた。

バドミントンの白い羽根は、白とオレンジのTシャツを着た二人の少女の間を、しばらく軽快に行き来していたが、そのうち小さいほうの少女が打ちそこねて、羽根は石塀を越えて屋敷のなかに入ってしまった。

「あれっ。中にはいっちゃった」

小さいほうが口をあけて石塀を見上げた。

「智子《ともこ》のへたくそ。お姉ちゃんは知らないからね」

大きいほうが口を尖《とが》らせた。顔立ちが似ているところを見ると姉妹らしい。姉のほうは小学校の五、六年生くらい。妹は一、二年生くらいだろうか。

「早く、行ってとっといで」

姉に促されて、妹は渋々、屋敷の門に回った。つい先日、お葬式のあった家だ。少女はおそるおそる門を抜けて、玄関に入ると、呼び鈴を鳴らした。ひどく静かだ。三度ほど鳴らしたが誰も出て来ない。ドアのノブを回してみると、錠がおりていた。おばさん、留守なのかな。しかたがないので勝手に庭に回った。あちこちに紫陽花の植えられた広い庭だ。この辺のはずだけどな。つつじの植込みのあたりを探していると、植込みに引っ掛かっていた羽根を見付けた。

戻ろうとしたとき、どこからか猫の鳴き声がした。少女はあたりをきょろきょろ見回した。が、姿は見えない。それでも、誘うようなか細い鳴き声だけはする。子猫のようだな。子供らしい好奇心につられて庭伝いに奥へ入って行った。

ひとむらの萎れた青い紫陽花の下から、声の主が顔を覗かせていた。綿ボールのような、ちいさな三毛だった。これと同じ毛の色をした親猫を見かけたことがある。あれの子供かしら。ここのうちの猫かな。野良にしては毛並みがよかった。つかまえようとしたが、子猫はニャアと鳴いて逃げてしまった。

「ちぇ。逃げちゃった」

ふと、我にかえって、見ると、離れの部屋の硝子《ガラス》窓が大きく開いていた。畳の上に女の人がごろりと横になっているのが見える。浴衣の裾が少し乱れて白いふくらはぎが覗いていた。ふくらはぎの上を黒い虫が這っている。部屋の奥のほうで、ふと人影が動いたような気がした。畳の上に投げ出されたおばさんの手が眩しい。

なんだ。おばさん、いたのか……。お行儀わるいな。あんなところでお昼寝してるなんて。

軒下に吊るされた色硝子の風鈴がのどかな音色をたてている。

少女はくすりと笑うと、寝ているおばさんを起こさないように、そっと抜き足差し足で戻ってきた。門を抜けると、姉が待っているところまで駆け足で来た。

「遅い！　何してたの」

姉は腰に両手をあてて、また口を尖らせた。

「猫がいたんだもん。ちっちゃな三毛だよ」

「あんた、猫さがしにいったんじゃないでしょ。羽根は？」

姉に額をこづかれて、妹は膨れっ面で握っていた掌を開いて見せた。

「ちゃんと、おばさんに挨拶した？　黙って、よそのおうちに入ったらいけないんだよ」

姉らしい、ませた口をきく。

「だって、おばさん、お昼寝してたんだもん。真っ赤な着物きてさ」

「嘘ばっかし。おばさんくらいの歳の人が真っ赤な着物なんて着るわけないじゃない。ほんとは黙って入ったんでしょ」

「嘘じゃないもん。おばさん、赤い着物きてたもん。帯から上が真っ赤な着物だよ……」

2

貴島が連絡を受けて駆けつけたとき、里見充子の死体はすでに写真班の容赦ないフラッシュを浴びていた。

四畳半の和室はまさにバケツで血を撒き散らしたような凄惨《せいさん》な有様だった。充子は体をくの字に折り曲げて畳の上に横たわっていた。首から胸にかけて、どす黒く変色した血が奇怪な模様のように白地に朝顔の浴衣を染め上げていた。左耳の下から斜めに喉元まで走った傷が血をこびりつかせて口を開けている。左頸動脈《けいどうみゃく》を鋭い刃物で断ち切られていた。

畳に投げ出された両方の白い腕も血でまだらになっていた。が、刃物らしきものはどこにも転がっていなかった。

鑑識の話では、死亡推定時刻は午後二時から三時の間。発見者は婿の砂村昌宏。店から戻って死体を発見したのが、ちょうど七時ごろだという。昌宏は応接間で事情聴取を受けていた。

貴島はひととおり現場を見ると、部屋を出た。廊下伝いに応接間に行く途中、暗い庭に紫陽花が群がって咲いているのを見た。闇を縫って風鈴の音がした。

「帰ってきたとき、玄関のドアは？」

「閉まっていましたが、錠はかかっていませんでした。それで妙だなと思ったのです。義母《はは》は独りのときは必ず錠をかけていましたから。私は帰ると、いつも呼び鈴を鳴らしてドアを開けてもらっていたんです。それでなんだか厭な予感がして、すぐに義母の部屋へ行ってみたのです」

「あの和室の窓は最初から開いていましたか」

「ええ、そうです。あの部屋はクーラーがついていませんから」

応接間では刑事の質問に昌宏が大柄なからだを丸め、首をうなだれて答えていた。顔は土気色でひどくショックをうけているように見えた。応接間に入って、貴島は何か違和感を感じた。前来たときと部屋の様子がどこか違っていた。しばらく考えて気付いた。革張りのソファのひとつがなくなっているのだ。一人掛け用のやつである。

「ちょっと、よろしいですか」

どうも気になって、口を挟んだ。砂村昌宏は長い間檻《おり》に閉じ込められていた動物を思わせるような生気のない薄茶色の瞳で長身の刑事を見た。

「椅子がひとつなくなっているようですが？」

「椅子？　ああ、あれですか。二、三日前、私がうっかり火のついた煙草を落としまして、焼け焦げを作ってしまったんですよ。みっともないので片付けましたが、それが何か？」

投げやりな口調だった。

「いや。それならいいんです」

それだけのことか……。

近所に聞き込みに行っていたらしい若い刑事が戻って来た。そして、奇妙な報告をした。この近くの神谷《かみや》という家の小学生の姉妹が、ちょうど午後二時半ごろから四時過ぎまで、砂村邸の門のそばの舗道でバドミントンをしていたのだというのだ。神谷久子《ひさこ》と智子という、小五と小二の姉妹だった。

この姉妹に砂村邸の門から誰か不審な人は出てこなかったか訊ねたところ、姉妹は口を揃えて「誰も出てこなかった」と答えたという。しかも、途中でバドミントンの羽根を塀ごしに砂村邸の庭に落としてしまい、妹のほうがそれを取りに行った。そのとき、妹は里見充子らしい婦人があの離れの和室で「寝ている」のを庭から目撃したらしい。少女は後で姉に「寝ていた」おばさんが赤い着物を着ていたと言ったという。これが、姉の証言では、三時過ぎのことだという。そのあと、二人は一時間くらいバドミントンを続けていたが、砂村邸の門からは誰も出てこなかったというのである。

「それは妙だな。裏門は中から施錠されたままだったから、犯人は表門からしか逃げられなかったはずだが」

所轄署の年配の刑事が呟いた。

「なんせ子供の言うことですから、どこまであてになるか」

若い刑事はそう答えたが、貴島はそれは違うと思った。子供だから、かえって先入観のない澄んだレンズのような目で物事を見ることができたのではないか。

「その神谷という家はどこです？」

直接、その姉妹に会ってみようと思った。この事件も、どこか中野の事件に似ていた。真っ昼間、犯人は誰にも姿を見られずに犯行を遂げている。それに、現場の様子も似通っている。全く荒らされた気配がないことから、犯人が無理やり押し入ったとは思えない。充子が自ら犯人を部屋のなかに招き入れたのだ。

それに何よりも……。

四畳半にあった鏡台が頭に浮かんだ。刺繡《ししゅう》をした布が鏡のうしろにはねのけられていた。しかも、鏡の表面にわずかに血しぶきが認められた。充子は殺される直前まで鏡を使っていたということになる。

里見充子もまた、娘と同じく鏡のある部屋で殺されたのだ。

3

「バドミントンをはじめたのは何時ごろだったか覚えてる？」

貴島はなるべく子供を怖がらせないように微笑を浮かべて優しい声で訊ねた。神谷邸の応接間で、幼い姉妹は並んでソファに腰掛けていた。姉の久子のほうは、すでに何が起きたのかわかっているらしく、色白の利発そうな顔をやや緊張させて、きちんと膝を揃えて座っていた。

それにひきかえ、妹のほうは今ひとつ状況が飲み込めていないらしく、無邪気な顔でしきりに肘《ひじ》のカサブタを剝がそうとしている。

「二時半ごろです。学校から帰って、お昼ごはんを食べて、それから遊びに出たんだから」

頰にかかった髪を耳のうしろにはさみながら、神谷久子はハッキリとそう答えた。横で不安そうな表情の母親が頷いた。父親はまだ勤めから帰っていないようだ。近所で殺人があったということで、脅えあがっていた。

「カッコイイ時計してるね」

　少女の陽に焼けた細い手首にはマンガのキャラクターのついた、まだ新しい腕時計が嵌《は》められていた。

「岐阜《ぎふ》のおばあちゃんに買ってもらったの」

　久子はやや得意そうに腕時計を刑事に見せびらかした。

「それで、智子ちゃんがバドミントンの羽根を砂村さんの家に取りに行って戻ってきたのが三時ごろだったっけ？」

「うん、そう。正確には三時十分かな。遅いんでイライラして腕時計ばっかし見てたから」

「それで、バドミントンをやめたのは？」

「うーんと、四時ちょっと過ぎ」

「バドミントン、やっている間、砂村さんの家から誰も出てこなかった？」

「さっきの刑事さんにも言ったけど、誰も出てこなかったよ」

「じゃ、入って行った人は？」

「いません」

「二時半から四時までの間、砂村さんの家に入ったり出て行ったりした人は誰もいなかったんだね」

「そうです」

少女は迷わずそう答えた。

「智子ちゃんに聞きたいんだけど」

妹のほうに顔を向けると、智子はまだカサブタを気にしながら、「なあに」と言った。

「バドミントンの羽根を取りに行ったときのこと詳しく話してくれないかな」

「いいよ」智子はカサブタから顔をあげずに気のなさそうな声で答えた。七歳かそこらの少女には、近所の殺人よりも肘のカサブタのほうが一大事らしい。

「すぐに庭にまわったの？」

「ちがいます。ちゃんと、おばさんに言っておこうと思って、玄関のベルを鳴らしました。だけど、誰も出てこないし、ドアも鍵がかかっていたんで、しかたなく庭に行ったの」

智子は膨れて、隣りの姉のほうを横目で見た。

「ドアに鍵がかかっていた？」

「うん。かかってた」

「それ、ほんとだね？」

「ほんとだよ。信じてくれないなら、もうなんにも喋らないからね」

「もちろん、信じるよ」

貴島は鹿爪《しかつめ》らしい顔で言った。

「智子、嘘つきじゃないもん」

「わかってる。それで、奥の部屋でおばさんが寝ているのを見たんだよね」

智子はカサブタをいじりながら大きく頷いた。

「寝てたんじゃないよね……」

久子が母親に向かって囁くような声で言った。

「そのとき、おばさん、赤い着物を着てたの？」

「そうだよ。真っ赤な着物きてたの。お姉ちゃんたらねえ、それ、嘘だって言うんだよ。おばさんくらいの歳のひとが赤い着物なんか着るわけないって。でも、本当に、おばさん、赤い着物きてたんだから」

妹は昼間の口惜しさを思い出したのか、やっとカサブタから顔をあげると、やっきになって言った。姉のほうは複雑な顔をしていた。妹の言っていた「赤い着物」の意味が今はわかっているような顔つきだった。

「赤い着物だったんだね」貴島は念を押した。

「うん。まっかっか。こういうの」

智子はそう言って、自分のスカートを臍のあたりまでまくりあげて見せた。赤いスカートだった。

どうやら、神谷智子が見たのは、殺された直後の充子の姿だったらしい。充子の血まみれの姿が、子供の目には「赤い着物を着ていた」ように見えたのだ。少女の目に血が「赤く」見えたというのは、まだ殺されて間もないことを示していた。時間がたっていたら、血は変色して黒く見えたはずである。里見充子が殺されたのは、三時ごろということになる。

「あと、なにか気が付いたことはなかった？」

「庭にね、こんなちっちゃな三毛がいたよ。青い紫陽花の萎れたところに」

智子は即座にそう答えて大きな目を輝かせた。

「馬鹿。刑事さんが聞いてるのは、そんなことじゃないのよ。おばさんのこと」

姉が肘でつついて妹をたしなめた。

「おばさんのこと？　うーんとね、おばさんの足に虫が這ってた。それからね、部屋のなかに誰かいた」

「誰かいた？　どんな人だった？」

少女が庭に忍び込んだとき、まだ犯人は部屋にいたのか？　思わず身を乗り出した。

「わかんない。奥のほう、暗かったから。でも、誰かいたよ。ちらって動いたもん。それから、それから、おばさんの手が眩《まぶ》しかった」

少女は白目をむいて考えながら言った。

「手が眩しかった？」

貴島は少女の言葉を理解しかねて訊き返した。

「うん。眩しかったの。なんでかわからないけど」

今ひとつ要領を得ない。

「うーんとね、お箸《はし》をもつほうの手」

「どっちの手？」

「右手？」

「左手ですよ。この子、ギッチョなんです」

横合いから母親が慌てて口を挟んだ。里見充子の左手が眩しかった？　どういう意味だろう。すぐに思い当たることがあった。充子が左手の薬指に指環をしていたことを思い出したのだ。おそらく、その指環に陽があたって光っていたのだろう。

「ねえ、お母さん。ごはん、まだ？　智子、おなかすいちゃったよ」

お箸という言葉の連想からか、少女はぐずりだした。

4

中野の殺人と大森の殺人には明らかに関連があった。同一犯の可能性が高い。

その根拠を挙げればこうである。

一、被害者が母と娘で血縁関係があった。

二、ともに鏡のある部屋で殺されていた。

三、殺害されたのが真っ昼間であるにもかかわらず、犯人は入るところも出るところも近隣の者に目撃されていない。

四、刃物で殺害されている。ただし、刃物の種類は傷口から見て同一のものではなかった。砂村悦子のほうは、刃渡り十五センチ、幅四・五センチほどの柳葉包丁、一方、里見充子のほうは、刃の薄い剃刀《かみそり》のようなものであると思われた。

五、犯人が無理やり押し入ったような形跡がないことから、ともに顔見知りの犯行であると思われる。同一犯だとしたら、悦子と充子の共通の知人であるとも考えられる。

二つの事件の類似点はまだある。

大森のほうだが、被害者は左頸動脈を切られているのだ。犯人は相当の返り血を浴びたはずである。むろん、凶器を持っていた手も血だらけになったはずだ。それなのに、中野の事件同様、砂村邸の洗面所にも風呂場にも犯人が手やからだを洗った形跡が全く認められなかった。つまり、ルミノール反応がいずれからも出なかったのである。洗面所やバスを使ったあとで、丹念に指紋を拭い取ったわけではないことは、洗面所からも風呂場からも、砂村昌宏と里見充子の指紋が採取されたことからわかった。このあたりの事情も中野の事件と全く似通っていた。

しかし、大森の事件が中野の事件と若干違うところは、大森のほうの犯人は明らかに玄関ドアから逃走している点である。神谷智子が午後三時ごろ、砂村邸を訪ねたときは施錠されていた玄関ドアが、七時ごろ、砂村昌宏が帰ってきたときには施錠されていなかったというのだから。二人の証言を信じれば、犯人は午後四時から七時の間に逃走したことになる。つまり、砂村邸の前の舗道から少女たちがいなくなり、主人の昌宏が帰ってくるまでの間である。

ただ、奇妙なのは、犯人が充子を殺害して後、一時間ちかくも屋敷のなかで何をしていたのかということだ。神谷智子の証言と司法解剖の結果から、充子が殺されたのは、午後三時ごろであることが判明していた。血のついた手やからだを洗った痕跡がないので、こういうことに時間を費やしたわけではない。

表の少女たちの声を聞きつけて、姿を見られるのを恐れて彼女たちがいなくなるまで身をひそめていたのだろうか。それにしても、妙である。もし、表門からの逃走が危なければ、裏門もあるのだ。犯人の心理からすると、この場合、少女たちがいなくなるのをじっと待っているよりも、むしろ裏門から逃げるほうを選ぶのではないだろうか。だが、裏門は昌宏の通報で捜査官が駆けつけたとき、内側から差し金がされたままだったのが確認されているのだから、犯人はやはり表から逃げたことになる。

どうも犯人のこうした行動が腑に落ちなかった。

だが、これはあくまでも神谷智子と砂村昌宏の証言に基づいた推理である。神谷智子のほうはともかく、昌宏の証言をそのまま鵜《う》呑《の》みにするわけにはいかなかった。彼は第一発見者である。おまけに、中野の殺人のほうの容疑者でもある。アリバイこそあるが、動機の点ではまだ容疑が完全に晴れたわけではないのだ。昌宏自身が直接手を下さなかったにしろ、誰かを使ってという線も考えられないわけではない。

当然、真っ先に砂村昌宏のアリバイが調べられた。が、七月十四日の午後三時ごろの昌宏のアリバイは中野のとき同様、完璧だった。やはり、この時間帯は店に居たことが従業員の証言で裏付けられた。

ただ、その聞き込みのさなかに、捜査官の一人がある情報を得た。年配の従業員から砂村昌宏が喫煙家ではないことをつきとめたのだ。なんでも子供のころから喘息《ぜんそく》の気があったのだという。

これはひとつの収穫だった。砂村が喫煙家ではなかったとすると、あの応接間の椅子に関して、昌宏は嘘をついたことになるからだ。一人掛けの椅子がなくなっていたことで、貴島に訊かれて、昌宏は「煙草の吸いさしをうっかり落として焼け焦げを作ってしまった。だから片付けたのだ」と答えたのである。喫煙家でない昌宏がどうして、そのときだけ椅子に煙草の焼け焦げを作るのだ？

砂村昌宏はなぜ椅子の紛失について嘘をついたのだろう。これは直接殺人事件とは関係ないように見えたが、大いに引っ掛かる点ではあった。

再び葬儀の準備で忙しい砂村邸を訪れて、昌宏に直接この質問をぶつけてみた。昌宏の鈍い目の色にかすかな動揺があった。が、さほど、うろたえるというほどではなかった。しばらく、沈鬱な表情で押し黙っていたが、決心したように口を開いた。

「申し訳ありません。確かに私は煙草を吸いません。椅子に煙草の吸いさしを落として焼け焦げを作ってしまったというのは嘘です」

「なぜそんな嘘を？」

「本当のことを言ってもとうてい信じてもらえないだろうと思ったからです」

「といいますと？」

「椅子が焼けたというのは本当なのです。ただ、私がやったのではありません」

「それはどういうことです？　その椅子はまだあるんですか」

「いや、破損がひどかったので、区役所の人に頼んで処分しました」

「一体、何があったんです」

「こんな話をしても信じていただけないと思います。だから警察にも届けなかったのですが。義母《はは》がこんなことになって、やはり、あのとき信じてもらえなくても届けておけばよかった。義母が殺される四、五日前のことです。誰かがあの椅子に火をつけたのです」

「放火ということですか」

「そうです。幸い、焦げ臭い匂いを嗅ぎつけて、たいした被害にならないうちに消し止めたので、椅子を少し焼いただけで済んだのですが。誰かが故意に火をつけたことに間違いありません。義母は神経質なくらい火の始末はする人でしたし、私は煙草をやりませんから、火など出るわけがありません」

「誰かが、というと、夜中に誰かが忍び込んで放火したということですか」

「そうじゃありません。それだったら、すぐ警察に知らせます。そうではないんです」

「どういうことです、そうではないとは」

「椅子の火を消し止めてから、義母と二人で家中の戸締まりを確認してみました。最初は夜中に誰かが入り込んだのかと思って。ところが、戸締まりはどこもちゃんとしているのです。ドアも窓もすべて中から施錠してありました。義母はそういうことは几帳面にする人でしたから。どこかの窓の施錠を忘れるなどということもめったにありません。家のなかは何の異常も見当たりませんでした」

「それなのに、突然夜中に椅子が燃え上がった？」

「そうです。焼け焦げたマッチの軸が転がっていました。誰かが火をつけたのです」

「しかし、誰かといっても、ここには――」

「私と義母しかいませんでした。でも、誰かがいたのです。この家には誰かがいるんですよ……」

昌宏は囁くように言った。まるで、その誰かに聞かれるのを恐れてでもいるかのように。

「妻がいたときから感じていました。誰かの気配を。悦子と結婚する前はそんなことはありませんでした。彼女がここへ来たころからです。私が悦子や義母以外の人の気配を感じるようになったのは。女のような気がします。今もその女の視線を感じているのです……」

そう言って、昌宏は恐ろしげに肩ごしに振り返った。

そこには何も映っていない鏡があった。

5

神谷智子は寝てもさめても猫のことばかり考えていた。砂村邸にバドミントンの羽根を取りに行ったとき、萎れた青い紫陽花の下から顔を出したちいさな三毛のことである。あの子猫、どうしているかな。あのうちの猫なのかな。でも、あそこのおばさん、死んじゃって、昼間、誰が面倒みてるのかな。おじさんは昼間はうちにいないのだし。誰がミルクをあげたりしてるのかな。

少女は砂村のおばさんが死んだということまではわかっていたが、それを、あの日見た「赤い着物を着て寝ていた」ことに結び付けることはできなかった。おばさんが死んだ。またお葬式がある。少女にわかっているのは、それだけだった。

それより心配なのは子猫だ。めんどうを見る人がいなくなって、飢え死にしたらどうしよう。

そう考えると、居ても立ってもいられなくなって、アイロンがけをしていた母親のところまで行った。

「ねえ、お母さん。砂村さんちの猫、どうするの？」

母親の首ったたまに背後からかじりついて、甘えるように訊いた。

「猫？」

「バドミントンの羽根、取りに行ったとき、庭にいたよ。おばさん、死んだら、誰があの猫のめんどう見るの。まだ子猫なのに。誰がミルクやるの」

「あのうちに猫なんていたかしら」

母親は暑苦しそうに娘の手を払いのけながら言った。

「白と茶と黒の三毛だよ」

「ああ、それなら野良よ。母猫をよく見かけるから。あれが生んだ子供でしょ。たまま砂村さんちに入りこんでいただけよ」

「野良なら、うちで飼ってもいい？」

「誰が世話するの。お母さん、厭よ。あんたたちの世話で手がいっぱいだもの」

「あたしがする」

「それじゃ、お父さんがいいって言ったらね」

母親はこれ以上娘にまとわりつかれるのを防ぐためか、さっさと決定権を父親に預けてしまった。

「ほんとう？　お父さんがいいって言ったら飼ってもいいんだね」


その夜。智子は昼間母にしたように、茶の間で夕刊を読んでいた父親の首ったまにかじりついていた。

「ねえ、お父さん。猫、飼ってもいい？」

「どこの猫？」

「野良だけど、三毛でかわいいんだよ」

「お母さんがいいって言ったらね」

父親は新聞から目を離さず、上の空で答えた。面倒なことは配偶者の判断にまかせてしまうに限る。

「お母さん、いいって言ったよ」

「ふーん？　じゃ――」

「いい？」

父親は何も答えず、たんに上の記事から下の広告欄（効きそうな養毛剤の広告が載っていたので）に首ごと視線を移しただけだったが、智子には大きく頷いたように見えた。

彼女はさっそく台所で洗い物をしている母親のところへ飛んで行った。

「お父さん、いいって」

母親のエプロンの結び目をひっぱって言う。

「何が？」

「猫のこと。飼ってもいいって」

「そう。じゃあ――」

母親は手を拭きながら、渋々承諾した。

やった！

今度は勉強部屋にいる姉のところまで、すっ飛んで行った。

「お姉ちゃん。猫、飼ってもいいって！」

「猫ォ？」久子は二段ベッドの下段に寝転んで漫画から顔をあげずに言った。

「バドミントンの羽根、取りに行ったとき、砂村さんとこに三毛がいたって言ったでしょ。あれ、飼ってもいいって」

少女はインディアンの子供のように踊りながらベッドのまわりを跳ね回った。

「ねえ、あの猫、一緒に探してよ」

「厭。あたし、猫ってキライ。おしっこ、臭いもん」

姉の返事はいたって冷淡だった。

「いいよだ。独りで探すもん。そのかわり、猫、連れて来たって、お姉ちゃんには触らせてあげないからね」

「探すって、どこ、探すつもりなのよ」

姉は漫画から顔をあげて、嘲《あざけ》るような目つきで妹を見た。

「きっと、砂村さんとこの庭にまだいるよ。だから――」

目を輝かせて言うと、姉は意地悪く答えた。

「砂村さんち、入ったらいけないんだよ」

「どうして?」

「他人の家に勝手に入ったら、フホウシンニュウだよ。おまわりさんに知れたら牢屋に入れられちゃうんだからね」

姉は威すような口ぶりで言った。妙なことを知っている娘である。

「それなら、おばさんに挨拶すればいいいん――」

智子はそう言いかけてハッとした。そのおばさんがもういないんだっけ。おじさんは昼間は留守だし……。

「フホウシンニュウ――」

もう、あの家には入れないのか。でもいいや。猫はあそこにいるとは限らないし……。

しゅんとしかけたが、智子はすぐに立ち直った。

明日からあの猫を探すぞ。

Ⅶ章　青い紫陽花の下に

1

「まあまあ、ふたりともこんなに散らかして」

七月二十日。娘たちの部屋の戸を開けた神谷淑江《よしえ》は、呆《あき》れて声をあげた。毎度のことながら、六畳の、机が仲よく二つ並んだ勉強部屋は小型の台風でも通り過ぎた後のようだった。どうせこんなことだろうと思って用意してきた掃除機を置くと、娘たちの机の上を片付けはじめた。比較的整理されている姉のほうを手早く終えて、妹の机の上を見た淑江は、くすりと笑った。白い画用紙に、はみださんばかりの力強さで猫の絵が描いてあったのだ。猫というより、ブタに近かったが、黒くピンとはねた六本のひげでかろうじて猫とわかった。猫の絵のよこには、これまた勢いのいい字で、「かみやみけこ」

と書かれて、矢印がしてあった。

名前までつけちゃって……。

淑江は苦笑しながら、出しっぱなしになっていたクレヨンを片付けはじめた。労作であることを示すように黒と茶がひん曲がっている。

智子はあれからずっと砂村邸の庭で見掛けた子猫とやらを探しているらしいが、ありがたいことに、まだ対面していないようだ。女の子の絵とは思えないほど力強く描かれた絵には、そんな欲求不満がよく表われていた。

智子には可哀そうだが、このまま猫が見付からなければいいと淑江は思っている。つい飼うのを許してしまったが、世話をするといったって子供のことだ。すぐに飽きるに決まっている。そうなったら面倒なことのお鉢は全部私にまわってくるのだから……。猫さえ見付からなければ、そのうちあきらめて忘れてしまうだろう。

そう考えながら、娘の机の上を片付けていた淑江は、途中で、おやと手をとめた。クレヨンの箱をしまおうと、いちばん上の引出しを開けたら、男ものの万年筆が出てきたからだ。夫のものではない。少し汚れていたが、そんなに古いものではなかった。黒のモンブランである。取り出して、キャップをはずし、画用紙の隅に書きつけてみると、少しかすれたが、ちゃんと書ける。

智子ったら、どこでこんなものを……。

万年筆にはネームも刻み込んであった。淑江の知らない名前である。明らかに大人ものだから、智子が友達からもらったとは考えられない。誰か知り合いの大人からもらったか、どこかで拾ったか。まだ使えるから、持ち主が捨てたものとも思えない。

智子ならそのへんで遊んでいるはずだ。帰ってきたら、聞いてみよう。

淑江は万年筆をエプロンのポケットに入れようとした。そのとき、間がよく、玄関のほうから末娘の「ただいまァ」という威勢のよい声がした。と、同時にだだっと廊下を走る足音がしたかと思うと、勉強部屋の戸が開いた。

自分の机の前で母親が万年筆を持って立っているのを見て、少女はややたじろいだような顔をした。

「あんた、これ、どうしたの？」

母親は少し怖い顔をして万年筆を突き出した。

「拾ったの」

智子は母親の目を見ないようにして、机の上の猫の絵を画鋲で壁にとめた。

「拾ったってどこで？」

「これ、ミケコ」得意そうに言った。

「どこで拾ったの」

「え？　何を」

「この万年筆よ」

「公園」

「公園のどこ？」

「ベンチのところ」

「いつ？」

「きのうかな。おとといだったかな」

「どっち？」

「おととい」

「落とし物、拾ったらすぐに交番に届けなければ駄目じゃないの」

「そうしようと思って忘れてたの」

「まだ使えるわよ。落とした人、困ってるでしょ」

「うん」

「届けてらっしゃい。お母さんもついていってあげるから」

「うん――」

智子はいかにも厭そうに頷いたが、ふと思い付いたように訊いた。

「ねえ、お母さん。そこになんて書いてあるの」

万年筆の胴体に刻まれたローマ字のネームのことだ。拾ったときから、なんて読むのかしらと気になっていた。

淑江は万年筆を目に近付けて、何気なく文字を読み上げた。

「T・MATOBA——かしら？」

2

中野の殺人は思わしい進展を見せてはいなかったが、それでも、七月十八日になって、事件のあったマンションの住人から、ある情報が入った。

六月二十一日、つまり事件のあった日、午後二時少し前に、砂村悦子の部屋の前に若い女が立っているのを、三階に住むカメラマンが目撃したというのである。カメラマンは小堀洋平《こぼりようへい》といって、三十六歳。独身。今ごろ、通報してきたのは、小堀は六月二十二日の朝から、七月十六日の夜まで、ずっと仕事でニューギニアに行っていたためであった。帰国して、友人から事件の話をはじめて聞き、六月二十一日のことを思い出したというわけである。

「あの日、ちょっと煙草を買いに出ようと、エレベーターを降りたら、ちょうど廊下の東端の部屋の前、ええ、そうです、110号室です。その前に若い女が立っていたんですよ。見たのはそれだけですけどね。チラと見ただけです。すぐに表玄関を出てしまいましたから」

　マンションのエレベーターは玄関のすぐ横手にあった。

「その女の様子ですか？　背丈は普通でスタイルのよい女でしたね。歳の頃は二十代半ばから後半てとこだったかな。髪は短めでストレートでした。横顔しか見えませんでしたが。白の半袖のブラウスに水色のタイトスカート。白の靴にやはり白のハンドバッグを抱えていたな。ちょっと佳《い》い女だなと思ったんで、よく覚えてるんですよ。ブスだったら男か女かさえも覚えてないだろうけどね」

　どうも小堀の見た「女」というのが、犯人というよりも被害者の特徴に酷似しているので、捜査官が砂村悦子の写真を見せたところ、小堀は「この女だった」と証言した。

「え？　これが殺された砂村さんなんですか。なんだ。てっきりあの女が犯人かと思ったのに。ぼくは砂村さんに会ったこと、ないんですよ。ミステリーの賞を取った女性が引っ越して来たとは聞いていたんだけど、こっちも忙しくてね、どんな人だか知らなかったんです。事件のことが週刊誌に載っていて、それを帰ってきてから読んだんですけど、写真の写りが悪くてね、実物のほうがもっとよかったですからね。そうか。じゃあ、あのときの女が砂村さんだったのか――」

結局、小堀洋平の証言からわかったのは、砂村悦子があの日午後二時ごろ、外出先から帰ってきて部屋の前に立っているところを、エレベーターから降りてきた小堀に目撃された、ということにすぎなかった。が、それでも、砂村悦子が午後二時ごろまでどこかに出掛けていたという、ひとつの事実はつかめたわけではあったが。

ただ、貴島柊志はこの点について、やや引っ掛かるものを感じていた。小堀洋平の見た砂村悦子の服装と殺されたときの悦子の服装とが全く同じだったということに、ささやかな疑問を持ったのだ。砂村悦子はどこかに出掛けていて、午後二時ごろに帰ってきた。そして、三時すぎに的場武彦からの電話に出て、そのあと、殺害された。

悦子は外出先から帰ったあとで、もっとくつろげる服に着替えなかったのだろうか。

これは、悦子の死体を見たときから、漠然と感じていたことではあった。砂村悦子は腰にピッタリとした動きにくそうなタイトスカートをはいていた。男の目から見ると、あんな恰好では部屋でくつろげないのでは、という気がする。自分だったら、アパートに戻ったら、なにはさておき、真っ先に靴下と背広とネクタイは脱ぎ捨ててしまう。もっとも、男と女ではそのへんの感覚が違うかもしれない。彼はお洒落などというものに全く無関心な男だったから、そうなのであって、砂村悦子のようなお洒落な女性なら、独りで部屋にいるときでも、見苦しい恰好はしないものなのだろうか。念のため、何人かの知り合いの一人住まいの女の子に聞いてみたが、たいていは部屋に帰ったらトレーナーとか、もっとくつろげるものに着替えるそうである。とりわけ、外から帰ったらストッキングなどはすぐに脱いでしまうという子が多かった。

しかし、悦子の死体はストッキングをつけたままだった……。

ただ、悦子が外出先から戻って着替えをしなかった理由が全く思い当たらないわけではない。的場武彦の話だと、電話で話したとき、悦子は誰かを待っているようだったという。客が訪ねてくる予定になっていたとしたら、外出着をそのまま着替えないで待っていたとも考えられる。

残念ながら、小堀洋平の証言は事件の解決にこれ以上の大きな収穫をもたらしてはくれないようだ。

収穫はむしろ、そのあと、七月二十日になって、大森の派出所の一巡査からの報告によってもたらされた。こちらは捜査の今後を大きく左右するほどの大変な収穫だった。

T・MATOBAとネームの入った男ものの万年筆が山王四丁目の公園から発見された

というのである。公園の池ちかくのベンチの足元に落ちていたのを、近くに住む小学校二年生の少女が拾って、母親に付き添われて交番に届けたのだという。拾ったのは、七月十八日の午後四時くらいのことだそうだ。

　この届け出を受けた松波彦市《まつなみひこいち》という若い巡査が将来は刑事志望の野心家だったのが幸いした。彼は交番勤務の傍ら、中野の事件、大森の事件に強い関心をもち、自分なりの推理をたてていた。七月十四日、砂村邸に真っ先に駆けつけた巡査の一人でもある。彼は少女が拾った万年筆のネームを見て、すぐに、中野の殺人の第一発見者である的場武彦という編集者が失踪しているということを思い出したのである。もし、彼が職務不熱心な巡査であったら、届けられた万年筆はただの落とし物として処理され、落とし主が現われないまま忘れ去られていたかもしれなかった。

　さっそく的場の妻を呼んで、万年筆が的場のものかどうか確認が取られた。的場の妻は一目みて、それが夫のものであることを確認した。しかも、的場がその万年筆を七月五日、木曜日の朝までワイシャツの胸ポケットにさしていたことを妻は記憶していた。さらに啓文社の同僚や的場と最後に会った河野百合の証言から、的場武彦が七月六日の金曜日の夜までワイシャツの胸にさしていたのもわかった。すなわち、的場武彦がこの万年筆を山王四丁目の公園のベンチに落としたのは、少なくとも七月六日の夜以降ということになる。七月七日、土曜日の朝刊に読まれた形跡があったことから、的場は七月七日の午前中ないしは夕刊が配達される前までにアパートを出て、大森まで来ていたという可能性が高くなった。一本の万年筆から、的場の足取りが大森の山王四丁目の公園までたどれたわけである。

的場武彦は大森まで何をしに行ったのか。的場と大森といえば、すぐに思いつくのは、砂村邸である。的場は七月七日の土曜日、砂村邸を訪れたのではなかったか。その途中、ないしはその帰りに、あの公園のベンチに座り、そのとき、万年筆を落としたのだと思われた。

この推理に基づいて、ただちに所轄の刑事が砂村昌宏を訪ね、例の万年筆の一件について話し、的場武彦という編集者が訪ねてこなかったか確認をとったが、昌宏の返事は、「その日は昼間は家にいなかったので、何ともいえない。もし、的場という人が訪ねてきたのなら、義母が応対したはずだが、少なくとも、その夜、義母からそんな話は聞かなかった」という曖昧なものだった。実際、その日も昌宏は店に出ていたのだから、そう答えるしかないのは無理はなかったが。

砂村邸ちかくの公園で的場武彦の万年筆が発見されたことから、的場が砂村邸を訪ねた確率はきわめて高い。が、その的場を迎えたはずの里見充子はすでに故人になっている。肝心の証言が得られないのだ。的場は砂村邸を訪ねたのか。それとも訪ねなかったのか。今ひとつの詰めができなかった。

しかし、貴島は、的場が砂村邸を訪ねるために大森まで来たのかどうかよりも、むろん、それが肝要な点ではあったが、全く別のことに妙なこだわりを持っていた。それは、公園に落ちていた万年筆を拾って交番に届けた女の子の名前が神谷智子だったということである。

拾い主の少女の名前を聞いて、貴島はおやと思った。神谷智子。もしかしたら、里見充子の死体を目撃したあの女の子ではないか。奇妙な偶然もあるものだ。あの少女がまたもや事件にかかわってきたとは。

少女はバドミントンの羽根を取りに行って里見充子の死体をそれと知らずに目撃した。その同じ少女が今度は公園のベンチから的場武彦の万年筆を拾った。世の中にはこんな偶然もないわけではないだろうが、それにしても偶然すぎやしないか……。

もし、神谷智子が大人だったら、まず疑ってかかるところだ。が、相手は十歳にも満たない子供なのである。智子がこの一連の事件にかかわっているとはとうてい思えない。とすると、やはり、これは偶然の一致なのだろうか。

それに、腑に落ちないことはもう一つある。的場が万年筆を七月七日に公園で落としたのだとしたら、智子に拾われる、七月十八日まで誰にも発見されなかったことになる。あの公園は見たところ、子供の遊び場になっているようだし、あのあたりの市民の憩《いこ》いの場所でもあるようだ。それが、十日以上も誰にも発見されなかったとは……。

どうやら、もう一度あの少女に会ってみる必要がありそうだ。

とにかく、これで、中野の殺人が大森の殺人とつながっているという有力な確証は得られたことになる。中野の殺人、編集者の失踪、大森の殺人はやはり一本の線で結ばれていたのである。

貴島はふと的場武彦のことを思い、暗澹《あんたん》たる気持ちになった。こんなことになるとわかっていたら、あのとき、夜中だろうが何だろうが、非常識と思われてもいいから電話をかけるべきだった。的場はあの日のことを思い出していただろうか。日の暮れかけた教室。机のはしに腰かけて夢中で喋りまくっていた、少年の表情豊かな色白の顔が夕映えの広がる教室の窓を背景にして、今も目に浮かぶ。十五年たっても、感銘を受けた一枚の絵のように脳裏を去らない。

的場と今ひとつ深い付合い方をしなかったのは、あのころ、彼のような普通のお坊ちゃんとは全く異質の生活を自分がしていたためだ。父のことも、的場に「母」だと間違われたあの女のことも、世間の規格からはずれた三人の同居生活のことを、普通の家庭に何不自由なく育った級友に知られたくなかった。だから、学校以外の場所で彼に会うのは極力避けた。友人の家に訪ねて行けば、いずれ、友人を家に呼ばなくてはならなくなる。そうなることを子供心にも恐れていた。

人はどうして自分の運命がわからないままに生きていくのだろう。しかし、もし、この先自分がどうなるのかわかっていたら、それでも明日を生きることができるだろうか……。

3

「ほんとに公園のベンチのとこで拾ったんだよ」

神谷智子は敵意をあからさまにした目で貴島を睨みつけながら言った。少女自身の口から、あの万年筆を拾ったいきさつを詳しく聞きたくて、再び神谷邸を訪れただけなのに、貴島と倉田の姿を見ると、少女はひどく脅えたような目になった。

敵意は恐怖の表われでもある。

前、会ったときは、無邪気といってもいいような様子だったのに、今回はばかに態度が硬化していた。話すときも、ほとんど母親の陰に隠れている。ちょっと手を伸ばしたら、すぐに逃げる用意ができているとでもいうように。

何がこの子をこんなに脅えさせているのだろう……。

貴島は不思議に思った。

「見付けたのは七月十八日の水曜日だったんだよね？」

少女は母親の陰から頷いた。十八日といえば、里見充子の葬儀のあった翌日だった。

「何時ごろだっけ？」

「四時ごろ」

元気な子に見えるが、蚊の鳴くような声で答えた。

「公園のベンチの足元に落ちていたんだね」

「うん」

「ベンチって、ふたつあるけど、どっちのほう？」

「え？」

「あの公園にベンチ、ふたつあるでしょう。池の近くと、ブランコのそばと」

「うん」

少女の目にハッキリと恐怖が走った。

「どっち？」

「忘れた」

「忘れた？」

「どっちか忘れた」

怒ったように言う。どうもおかしい……。少女は何か隠しているようだ。何を隠しているのだろう。

「うーん。忘れちゃったか――」

「忘れた」

「忘れたってことはないだろう？」

倉田がぎょろりと目を剝いて言った。

「忘れたもん！」

ほとんど泣きだささんばかりの顔である。やはり、何か必死で隠しているようだ。

「どうして、すぐに交番に届けなかったの？」

「届けようと思って、忘れてたの」

「それも忘れたか」倉田が呟いた。

「おたくのお子さんはこの若さで健忘症《けんぼうしょう》のようですな」

「だけど、変なの」

それまで黙って聞いていた姉の久子が言った。

「智子、七月十八日の四時ごろ、公園にいたっていうけど、お姉ちゃん、智子のこと見なかったよ」

「久子ちゃんもあの日公園にいたの？」

貴島が聞くと、久子は頷いた。

「あたしがエリちゃんたちと行ったのは四時過ぎだけど。学校の帰りに寄ったの。でも、智子なんかいなかったよ」

「お姉ちゃんたちが来るまでに帰ったんだもん」

神谷智子はまるでアリバイを疑われた容疑者のように姉に食ってかかった。

「ねえ、刑事さん。よその人の家に黙って入ったら、そういうのってフホウシンニュウっていうんでしょ」

久子が唐突に訊いた。

「留守の家に勝手に入ったらいけないんだよね？」

「うん？　まあね――」

「そういうのって、見付かったら牢屋に入れられるんだよね」

「まあ、場合によるけどね――」

この姉娘は何か言いたげである。奇妙なことに姉の一言一言に妹の恐怖は募っていくように見えた。しかも、姉のほうはそれを知っていて、そんな妹の反応を楽しんでいるようにも見える。仲の悪い姉妹には見えなかったが、どんな姉妹にもこういうところはある。姉のこの意地悪の原因は、妹がさっきから母親にベッタリひっついていることにあるのかもしれない。

「智子、あの猫みつかった?」

突然、妹のほうを見て姉は言った。

「猫って?」

脅え切った表情で聞き返す妹の声は上ずっていた。

「子猫、探していたんでしょ。みつかったの?」

「ううん――」

妹は弱々しくかぶりを振ると、急にしくしく泣き出した。

「お母さん。智子、おなか痛いよう」

そう叫んだかと思うと、もう手がつけられなくなった。母親にしがみついて、近所中に聞こえるような大声で「おなかが痛い」「おなかが痛い」と泣きわめいた。にわかの腹痛を訴えられても、母親はちょっと困ったような顔をしただけで、さほどうろたえなかったところを見ると、少女は何度もこの手を使う常習犯のようである。

しかし、あたり憚《はばか》らぬサイレンのような泣き声は、刑事を退散させる力は充分にあった。

4

神谷智子は一体、何を隠しているのだろう……。

その夜の捜査会議の席で、指にはさんだ煙草の煙をボンヤリとみつめながら、貴島柊志はそのことばかり考えていた。あの子は何かを隠している。それは何か。

どうも隠しているのは、的場の万年筆を拾った本当の場所ではないのか。そんな気がした。少女はあの万年筆を公園で拾ったのではないかもしれない。公園で拾ったなら、どちらのベンチか覚えていないというのも、おかしな話だ。ついおとといのことなのに。それに姉の久子があの日の四時すぎ、公園で妹を見掛けなかったとも言っている。

神谷智子はあの万年筆をどこか別の場所で手に入れたのではないか。ただ、なぜ、それをああまで隠すのか。久子の妙に思わせ振りな言葉も気にかかる。

「智子、あの猫みつかった？」

「子猫、探していたんでしょ?」

あの猫? 待てよ。どこかで猫の話を聞いたおぼえがある。猫、猫。ああ、そうだ。思い出した。あのときだ。里見充子が殺された晩、姉妹の話を聞きに神谷邸を訪れたときだった。智子に「何か他に気が付いたことはなかったか」と訊いたとき、彼女は、目を輝かせて確かこう答えた。

「庭にね、こんなちっちゃな三毛がいたよ。青い紫陽花の枯れたところに」

久子の言った「あの猫」とは、この三毛猫ではないのか。

貴島の頭に閃くものがあった。

そうか! 神谷智子はバドミントンの羽根をとりに行って、砂村邸の庭で子猫を見付けたのだ。そして、その猫をずっと探していた。ひょっとすると、彼女はあのあと、猫を探して、もう一度砂村邸にこっそり忍び込んだのではないか。そう考えれば、久子の「フホウシンニュウ」という意味ありげな言葉の意味もわかる。猫を探すつもりで、砂村邸に忍び込んだ彼女は、猫のかわりにあの万年筆を拾ってきたのだ。それを母親に見付けられ、しかたなく交番に届けた。しかし、拾った場所を言うことはできなかった。よその家に勝手に入った。フホウシンニュウ。牢屋に入れられる。姉に脅かされて、そんな子供らしい馬鹿げた図式を描いてしまったにちがいない。それで、公園で拾ったなど咄嗟に嘘をついたのだろう。神谷智子が必死で隠そうとしていたのは、万年筆を拾った本当の場所だったのだ。

こう考えれば、里見充子の死体を目撃した少女が、そのあとで的場の万年筆をも拾うという奇妙な偶然性の謎もとける。あれは偶然などではなかった。充子の死体を目撃した少女が的場の万年筆を拾うには、それなりの必然性がちゃんとあったのだ。一匹の子猫を介した必然性が。

的場の万年筆は公園ではなく砂村邸に落ちていた。

もし、そうだとしたら、これは大変な発見である。的場はやはり砂村邸を訪れていたのだ。その証拠になりうる。

だが、万年筆は砂村邸のどこに落ちていたのだろう？

あの広い屋敷のどこで少女はあの万年筆を拾ったのか。これはきわめて重要な点だった。万年筆の落ちていた場所によっては、的場武彦がたんに砂村邸を訪れたという事実以外のことがわかるかもしれないのだ。

「庭にね、こんなちっちゃな三毛がいたよ。青い紫陽花の枯れたところに」

「青い紫陽花の枯れたところに」

青い紫陽花の枯れたところに……。

もし、智子が前に子猫を見付けたところと同じ場所で、あの万年筆を拾ったのだとしたら……?

なぜ、紫陽花の咲く庭に的場の万年筆が落ちていたのか。的場があの庭を歩いたとでもいうのだろうか。それとも……。

貴島は自分の推理に思わずぞっとした。

そのころ、神谷智子は二段ベッドの上段でタオルケットを頭からスッポリひっ被って寝ていた。頰には乾く暇もないほど涙が次から次へと伝わっていた。ダイニングルームからはカレーのいい匂いがする。カレーライスは智子の大好物だった。よりにもよって今日がカレーの日だったなんて。刑事たちの前で、あんなに大袈裟に「おなかが痛い」「おなかが痛い」と泣きわめいたツケを今払わされていた。都合が悪くなると仮病を使うくせがあることをよく知っている母親に、「そんなにおなかが痛いなら、お薬をのんで寝ていなさい」と有無を言わさず、ベッドに押し込まれてしまったのだ。

お父さんが帰ってきて、楽しい夕食がはじまったというのに、さっきお母さんが来て言うには、「今日は何も食べないで寝てなさいね」という無情なものだった。

しかし、智子が泣いていたのは、好物のカレーを食べ損なったからではない。きわめて稀なことだが、彼女は本当に食欲がなかった。いつもなら、あの誘惑的な匂いを嗅いだだけで、じっとしていられなくなるのに、今日ばかりは、ちょっと鼻をひくつかせただけで、涙でぐっしょり濡れた枕に力なく顔を埋めた。

胃袋がからっぽなのに食欲がなかったのは、心配で心配で胸がいっぱいになっていたからだ。

あのことがばれたらどうしよう。

あのことがばれたらどうしよう。

智子のちいさな頭のなかは恐怖で満たされていた。

よその家に勝手に入ったことがわかったら、またあの刑事たちがやってきて、智子を牢屋に入れるかしら。あんな万年筆なんか拾ってこなければよかったんだ。でも、ついポケットに入れてしまった。あのまま、あそこに、青い紫陽花の枯れたところにそのままにしておいたら、こんなことにならなかったのに。

あの、大きいほうのお兄さんは前はやさしそうだったのに、さっきは鬼みたいにみえた。もう嫌いだ。きっと、智子をつかまえにまたやってくるに決まってる。

そうなったらどうしよう。

牢屋になんか入りたくないよう。

そうだ！　いいこと思いついた。

智子はベッドの上にむっくりと起き上がった。

砂村のおじさんに全部話して助けてもらおうかな。あのおじさん、やさしそうだから、話したら助けてくれるかもしれない。智子が黙ってあのうちに入ったんじゃなくて、ちゃんとおじさんが「いいよ」って言ってくれたことにすれば、フホウシンニュウじゃなくなるんじゃないかしら。

智子はそう思いつくと、急いでベッドのハシゴを降りた。お父さんもお母さんもお姉ちゃんもみんなダイニングルームにいる。お風呂場のよこの裏口からそっと出れば誰にも気付かれない。おじさんにお願いしてから、こっそり戻ってくれば、お母さんだって、まさか智子が外に出たってわからないものね。

少女は部屋を出ると、母親の赤いサンダルをつっかけて裏口からこっそり抜け出した。

5

「なんだ。泣きそうな顔で話があるなんていうから何かと思ったら、智子ちゃんはそんなことを心配していたのか。それだったら大丈夫だよ。安心しなさい。刑事さんがまた来たら、おじさんがうまいこと言ってあげるよ」

砂村のおじさんはニコニコしながらそう言った。

「ほんとう？」

おじさんはやっぱり優しかった。

智子はおじさんに何もかも話して、ほっとした気持ちで出されたオレンジジュースのストローを吸った。緊張がとけて急に喉が渇いていることに気が付いたのだ。

「それで、智子ちゃん」

おじさんは何気ない声で訊いた。

「なあに？」

智子は口からストローを離して、つぶらな目でおじさんを見上げた。

ふたりは応接間で向かいあっていた。シャンデリヤの明かりがなんだか暗い。家全体が暗く、静まり返っていた。二度もお葬式のあったうちだもの、と智子は思った。

「ここであの万年筆を拾ったこと、誰かに話したの？　お母さんとかお姉さんとか？」

「ううん。誰にも。公園で拾ったと言ってあるの」

「ほんとに誰にも喋ってないんだね？」

おじさんの細い目が一瞬キラリと光ったような気がした。

「うん」智子は元気よく頷いた。

「あれね、おじさんところに遊びにきたお友達が庭を散歩してて落としたものなんだよ」

「まとば、っていう人でしょ？」

「そう。よく知ってるね」

「万年筆のとこに名前が書いてあったもん。ローマ字だったけど読めたもん」

このくらいの見栄は許されるだろう。

「まとばさん、よろこんでるね。なくしたと思ったのに万年筆が戻ってきて」

「そうだね」

おじさんは少し笑って、黙った。

「そうだ。智子ちゃん、ごはん、食べた？」

「ううん。まだ」

そう答えたとたん、おなかがグウと鳴った。

「おなかが痛いって嘘ついちゃったから、食べさせてもらえなかったの」

「それじゃ、ちょうどいいや。おじさんと一緒に食べようか。おじさんもまだなんだ」

「うん、でも……。智子、うちの人に黙って出てきたから。早く帰らないと……」

「黙って出て来たの？」

おじさんの目がまた光ったような気がした。

「うん。みんなダイニングルームで夕ごはんを食べてたから。裏口からこっそり抜け出してきたの。だから――」

「そうか。それだったら、智子ちゃんがいないのがわかるとお家の人が心配するねえ」

「そうなの。だからもう帰ります。どうもごちそうさまでした」

智子はそう言って立ち上がりかけた。

「ちょっと待って。おじさんが智子ちゃんちに電話をしてあげるよ。ここで一緒にごはんを食べて行きますって。そうすれば、お母さんも心配しないでしょ」

「でも――」

早くうちへ帰ってカレーが食べたい。心配事がなくなったので、無性におなかがすいていた。

「おじさん、奥さんもおばさんもいなくなっちゃったでしょう。だから、ひとりでごはん食べるのさびしくて。智子ちゃんと一緒に食べたいなあ」

そうかあ。おじさん、さびしいのか。そうだろうな。ふたりもいっぺんにいなくなっちゃったんだものね。ほんと、ひとりでごはん食べるのってつまんないよね。それに、厭だって言ったら、おじさんも智子の頼み事きいてくれないかもしれないしなあ。

「いいよ。一緒にごはん食べても」

「そう。じゃ、今、おうちに電話してくるね」

おじさんはそう言うと、応接間を出て玄関脇にある電話のところまで行った。おじさんは応接間を出るとき、ドアをしめたけど、智子にはピポパという電話をかける音が聞こえたし、すぐに、「あ、神谷さんのおたくですか。わたし、砂村ですけど、今、おたくの智子ちゃんを預かってるんですが。ええ、はいはい。ここでごはんを食べてから帰しますので。はいはい。では失礼します」

智子はジュースのストローをくわえながら、聞くともなしにそんな会話を聞いていた。お母さんが出たのかな。ここに来たことばれちゃったけど、まあいいか。

「お母さんが出て、わかりましたって」

おじさんが戻ってきて、ニコニコしながらそう言った。

「おや。ジュースの氷が溶けちゃったね。どれ、新しいのを入れてきてあげよう」

おじさんは半分くらいに減ったグラスを取ると、それを持って、また出て行った。

冷蔵庫を開けて閉めるような音。しばらくして、おじさんは戻ってきた。

「さて。智子ちゃんは何が食べたい？」

氷の入ったジュースのグラスを智子の前に置いて、おじさんは言った。

「カレー！」

「カレーか。そうか。智子ちゃんはカレーが好きなのか」

「大好き！　今日うちはカレーなんだよ」

「よしよし。今すぐ作るからね。ごはんはもう炊いてあるから、すぐだよ」

おじさんはそう言い残して、また出て行った。

智子は首だけのばして、ジュースのストローをくわえた。グラスの縁に白い粉のようなものがついていたが、気にしなかった。

6

人差し指と中指の間に挟んだ煙草は指を焦がさんばかりになっていた。が、さほど熱いとも感じないままに、貴島は機械的にそれを灰皿で揉み消した。

もし、七月七日の土曜日、的場武彦が砂村邸を訪ねたのだとしたら、一体それは何のためだったのか。

中野の事件とは関係のない用件で訪れたのかもしれない。担当作家が死んで、原稿料の問題など遺族と話し合うことがあったとも考えられる。だが、あの日は公的には会社は休みだった。とすれば、的場が砂村邸を訪れたのは仕事ではなかったような気がする。何かプライベートな用件があったのではないか。

それは、前日の三枝美成のマンションでの一件に関係があるのか。例の酒屋の一件。しかし、あれも、河野百合の主観に基づく証言にすぎない。だが……。

そのとき、貴島の脳裏にある考えが閃いた。

二軒の酒屋。間違い電話。

もしかしたら？

目の前に重苦しくたちはだかっていた分厚い鉄の扉がわずかに開いて、一条の光がその細い隙間から射し込んだような気がした。彼の無意識の領域でおぼろげな形でうごめいていたものが、今、明確な輪郭をもったのである。

あとは、開きかけた扉の細い隙間に手をかけて、一気に開くだけでよかった。

「あの日、ちょっと煙草を買いに出ようと、エレベーターを降りたら、ちょうど廊下の東端の部屋の前、ええ、そうです、110号室です。その前に若い女が立っていたんですよ。見たのはそれだけですけどね。チラと見ただけです。すぐに表玄関を出てしまいましたから」

あの小堀というカメラマンの証言が今は全く違う視点から鮮明に甦った。あのときはそうは思わなかったが、あれはかなり重要な証言だったのである。

それから、砂村昌宏のあの証言。

「椅子？　ああ、あれですか。二、三日前、私がうっかり火のついた煙草を落としまして、焼け焦げを作ってしまったんですよ。みっともないので片付けましたが、それが何か？」

応接間の一人掛け用の椅子がなくなっていることに関して、昌宏は最初はそう言った。が、あとになって、喫煙家でなかったのがばれると、彼は慌てて言い直したが。

あの椅子の紛失。なくなった椅子もおそらくこの一連の事件の重要なファクターのひとつなのだ。あれはたぶん……。

そしてもうひとつの重要な証言。幼い少女の口から語られたあの一言。

「おばさんの手が眩しかった」

「どっちの手？」

「お箸をもつほうの手」

「右手？」

「左手のことですよ。この子、ギッチョなんです」

なぜ里見充子の左手が少女の目に眩しかったのか。あれは、充子の指環が陽の光に反射していたのではない。

そうだ。そう考えれば、すべてのつじつまが合う。この二件の、いやおそらく三件の事件の真犯人はただ一人にちがいない。砂村悦子の腹を刺し、里見充子の頸動脈を断ち切り、そして、おそらく的場武彦を何らかの方法でこの世から抹殺した人物は一人だ。

今となっては、中野のマンションの一室に残っていたあの奇怪な血染めの足跡の謎も解ける。犯人がなぜあんな足跡をつけたのか。いや、正確にいうなら、あんな足跡がついたのか。犯人の使った大胆きわまるトリックさえ看破できれば、あの足跡の示す意味もわかるのだ。

そして、犯人がなぜ中野のときも大森のときも誰にも姿を見られなかったのか。なぜ血にまみれた手を洗わなかったのか。

不可解な謎のひとつひとつが散らばった真珠であった。彼はそれを拾い集め、一本の糸を通そうとしていた。

だが、この推理はごくおおざっぱな骨格だけであって、まだ肝心のファクターが幾つか欠けていた。ひとつは動機である。そして、もうひとつは犯人がなぜ砂村悦子の短編の原稿をもち去ったのかというその理由。

さらに、この推理の足場を組むために、幾つか確かめなければならないことがある。中野の現場はまだ事件当日のままになっているだろうから、あのことを確かめるのは造作もない。もし、自分の推理が正しいとしたら、そこに歴然とした証拠が残っているはずだった。いままで誰も気付かなかった証拠が……。いや、それよりももっと犯人にとっては致命的な証拠があの屋敷のどこかにあるはずだ。もし、的場の万年筆が庭の紫陽花の下に落ちていたのだとしたら……。

まずやるべきことは、神谷智子があの万年筆を本当はどこで拾ったか、智子の口から聞き出すことだ。すべてはそこから始まった推理なのだから。

「ちょっと電話をかけさせてください」

突然そう言うと、課長が喋るのを止めて驚いたような顔で見た。

7

玄関の電話が鳴ったとき、神谷淑江は台所でカレーのこびりついた皿を洗っていた。

智子もこれで少しは懲《こ》りただろう。仮病を使ったばかりに好物のカレーを食べ損なって。今晩のメニューは酢豚と野菜サラダのつもりだったが、末娘を懲らしめる目的で急遽《きゅうきょ》メニューを変更したのだった。少しは教育的効果があったかしら。

いまごろ、自分の部屋でカレーの匂いに悩まされながら、さぞ後悔の涙にかきくれているだろう。後悔の涙をたっぷり流させてから、食べさせてやるつもりだった。

「チャコ。電話、出て」皿を洗いながら、茶の間でテレビにかじりついていた娘に言いつけたが、久子は聞こえない振りをしていた。夫も寝転んで他愛もないお笑い番組にアハハと間抜けな笑い声をあげている。「あなた」と言いかけたが、夫が寝釈迦《ねしゃか》のポーズをとったら、大地震でも起きない限り動かないことを厭というほど知っている妻は、軽く舌打ちして、水道の栓をひねって止めた。

エプロンで手を拭きながら、台所を出た。玄関脇にある、ピンクのフリル付きカバーを着た電話を取った。

「はい。神谷でございます」

よそ行きの声を作って言うと、応えたのは昼間来た刑事の一人だった。

「は？　智子ですか。智子なら部屋にいますけれど――」

刑事は智子とちょっと話がしたいと言った。あの万年筆のことで、まだ、何か用なのかしら。智子はあの刑事をひどく怖がっているように見えたので、淑江としては、娘を電話口に出すのはあまり気がすすまなかった。

「あのう、どんなご用件でしょうか」

刑事は智子が子猫を探していなかったかと訊いた。

「ええ。砂村さんの庭でみかけたとかで。野良なら飼いたいと申しまして。だいぶ探していたようですが」

あの猫がどうしたというのだろう。猫だとか万年筆だとか、そんなものがどうしたというのだ？

「あの、ちょっとお待ちください。今、娘を呼んでまいりますので」

淑江は受話器を置くと、娘の部屋へ行った。さぞ、ベッドの中で涙にかきくれているだろうと思って、ドアを開けた彼女は唖然とした。二段ベッドの上段はもぬけの殻で、うさぎのアップリケのついた水色のタオルケットだけがほうり出されていた。

トイレかしら。トイレを覗いてみたが、いない。なんとなく風呂場を覗いて、裏口に脱ぎ捨てておいた赤いサンダルがなくなっているのに気が付いた。

あの子ったら、どこへ？

もう八時を過ぎているのだ。どこへ行ったのだろう。慌てて、茶の間に戻ると、夫と姉娘に、智子がいなくなったことを報告した。

「そのへんで遊んでるんじゃないの?」

久子がのんびりと言った。目はテレビの画面に釘づけになっている。

「遊ぶって、おなかをすかせてどこで遊ぶっていうの」

「公園かどっかじゃない。それか、おなかがすいてパンでも買いに行ったか。そのうち帰ってくるよ」

「あの刑事が智子に話があるって言うのよ。あんた、そのへん見てきて」

「めんどくさいなあ。せっかく面白いとこなのに」

久子はぶつくさ言いながらも、母親の剣幕に押されて、渋々立ち上がった。

しばらくたって、姉娘は戻ってきたが、やや緊張した顔つきになっていた。そして、

「公園にはいなかった。智子の行きそうな場所も全部探してみたが、どこにもいない」

と報告した。

淑江は青くなった。智子を部屋へ追いやってから一時間以上たっている。いつ抜け出したのだろう。夫もやっとテレビからこちらの騒ぎに注意を向けた。淑江は受話器をはずしたままの電話のことをすっかり忘れていた。

が、貴島柊志の耳にはすべて筒ぬけになっていた。

8

彼は冥《くら》い庭を見詰めていた。

あそこをもう一度掘り返さないといけないな……。

庭の一角を見詰めながら、ウスボンヤリとそう思った。全身に麻酔でもかけられたように感覚がなかった。頭のなかが真っ白で霞がかかっているようだ。あそこを真夜中に掘ったときのことを思い出した。それと、あのなかに埋めたものを……。

あれをまた取り出さなければならないと思うとぞっとする。十日以上たっている。だいぶ様子が変わっているだろう……。

いつになったら、こんなことが終わるのか。どんな形でもいい。早く終わらせてしまいたい。もう疲れきって、恐怖はくたびれた襟巻のように、彼の首にだらしなく巻きついていた。おまえは眠りを殺した。学生時代に読んだ、スコットランドの哀れな野心家の台詞《せりふ》が切実に胸に甦った。そうだ。わたしは眠りを殺した。

やはり真夜中になるのを待つことにしよう。腕時計を見た。やっと九時を回ったところだ。夜はのろのろと過ぎていく。あの罪深い作業をするにはまだ早い。

彼は首をめぐらせて、冥い庭から、和室の畳の上に寝かせた少女を見た。少女は庭よりももっと冥い部屋に横たわっていた。

そのとき、玄関のチャイムが鳴った。

彼はびくっと振り返ったが、体を動かそうとはしなかった。玄関まで歩いて行くのすら面倒だった。

チャイムは続けて鳴った。たて続けにせわしなく。緊急の用件であることを誇示するように。

彼はやっと一足動かした。訪問客はしつこかった。あの調子だと夜が明けるまでチャイムを鳴らし続けかねない。いっそ出て、早く追っ払ったほうがましだ。応接間の照明がついているので、居留守を使うこともできない。

ゆっくりと足を運ぶごとに、古い廊下がみしみしと鳴いた。何を急ぐ必要があろう。もう何も急ぐ必要はない……。

玄関に出た。まだチャイムが鳴っていた。ゆっくりと施錠を解き、ドアを開けた。チェーン錠だけははずさなかった。鎖の長さ分の隙間から、黒い警察手帳が突き出された。

「警察の者です。少し伺いたいことがあるので、ドアを開けてください」

黒い手帳のずっと上に男の目だけが見えた。彼よりも少し背が高い男の目が。

「なんですか」

彼はそれ以上ドアは開けずに用心深く問い返した。くつろいでいたところを邪魔された善良な市民の不機嫌さを演じながら。

「神谷智子ちゃんをごぞんじですね。ここに訪ねてきませんでしたか」

犬がもう匂いを嗅ぎつけてやってきた。

「いや――」

そう言いかけたとき、ドアの隙間から素早く別の目が覗いた。

「智子、ここにいるよ！　あれ、お母さんのサンダルだもの！」

甲高い子供の声だった。彼はハッとして思わず足元を見た。赤いサンダルが脱ぎ捨てられていた。しまった。あれを片付けるのを忘れていた。

「裏へ回れ！」

声がした。続いて乱れた足音が。彼は両腕をだらりとさげて、その場に立ち尽くしていた。

「いたぞ」

「子供がいた」

「こっちだ、こっちだ！」

声が入り乱れた。

あれが見付かった。終わった。これで何もかも。やっと終わったんだ……。

奥のほうが騒々しくなった。彼は寝ぐらへ帰る象のようにのっそりと引き返した。さっき佇んでいた和室のなかに男がいた。猫背気味の長身の男だ。その男はぐったりとした少女を腕に抱いて、子供の名前を呼びながら揺さぶっていた。

「刑事さん。靴くらい脱いであがってくださいよ」

砂村昌宏は疲れた薄笑いを浮かべて言った。

「それに、そんなに揺さぶらなくても大丈夫ですよ。その子は眠っているだけなんですから」

Ⅷ章　告　白

1

少女は睡眠薬を呑まされて眠っていただけだった。

そして、砂村邸の庭の片隅から死後十日以上経過した男の死体が発見された。死体の左胸には深々と凶器が刺し込まれたままになっていた。刃渡り十五センチ、幅四・五センチの柳葉包丁だった。かなり腐乱が進んでいたが、すぐに死体の身元は判明した。啓文社の的場武彦であると。

砂村昌宏は淡々とした声で供述をはじめた。

「死体は私があそこに埋めました。七月七日のことです。そのとき、身につけていた万年筆が落ちたのでしょう。死体を埋めたときは真夜中で、暗かったので気が付きませんでした。それを、あの女の子が子猫を探してこっそり入り込み、あそこで拾ったのです。さいわい、あの子は他人の家に無断で入ったことを知られるのを恐れて、警察にも家族にも本当の拾い場所を話してなかったのです。公園で拾ったと警察には言ったそうですね。ところが、その嘘がばれそうになって、あの日、私のもとに救いを求めにきたのです。家族には内緒で来たと聞いて、私は智子ちゃんをこのまま帰すことはできないと思いました。

万年筆の落ちていた所がうちの庭だと知れたら、的場という編集者がうちに来たことがわかってしまいますからね。そして、あの死体も……。

私は智子ちゃんのジュースに睡眠薬を入れました。義母が生前服用していたものが少し残っていたのです。眠っているあの子の首に何度も手をかけましたが、どうしても力をこめることができませんでした。それで、あの子が目を覚ますのを待って家へ帰してやるつもりでした。これは本当です。言い逃れではありません。だって、もし、殺すつもりがあったら、智子ちゃんがうちへ来て、一時間近くたっていたのです。とっくになんとかしていたはずではありませんか。

正直なところ、私はどうしてよいのか自分でもわからなかったのです。ただ、とにかく、庭に埋めた編集者の死体をどこか別の所に埋め直さなければとだけ思っていました」

「なぜ、的場武彦を殺したんだ？」

「私が殺したんじゃありません。あの日、七月七日、私が店から帰ってみると、あの男が応接間のソファに座っていました。胸に包丁を突き立てて。すでに絶命していました。私は夜中になるのを待って、死体を庭に埋めただけです。そして、血と刃物傷の付いたソファを処分しました。廃棄を頼んだ区役所の人に怪しまれないように、わざと火をつけて焼け焦げを作り、煙草の不始末のように見せかけました」

「的場武彦を殺したのは誰だ？」

「あの男がうちに訪ねてきたのは七月七日の午後二時くらいだったそうです。そのとき、うちには義母しかいませんでした。義母がやったんです」

「なぜ？　動機は？」

「的場という編集者が中野の事件の真相に気付いてしまったからです。彼は自分の間違いに気が付いてしまったのです。私は以前、中野署の刑事のふりをして、啓文社に電話をかけたことがあります。あのときは、彼はまだ何も気付いていないようだった。あのまま何も知らなければよかったのだ。そうしたら、あの男だって無事でいられたのに」

「的場が何に気付いたというのだ？」

「あの日、六月二十一日、あの男は中野の喫茶店から午後三時ごろ、悦子のマンションに電話をかけたと言いましたね。でも、あれは違うんです。あの男は間違えていたんですよ。そして、そのことに自分で気付いていなかった。悦子がすぐに電話に出たので、気付く暇もなかったのでしょう。てっきり中野の仕事場にかけたとばかり思い込んでいたのです。でも、本当は、彼がかけたのは中野のマンションではなくて、大森の私の家だったんです」

2

やはり、そうだったのか。

貴島は自分の推理が正しかったことを暗澹《あんたん》たる思いで確信した。的場武彦は七月六日、三枝美成のマンションでそれに気が付いたにちがいない。それで麻雀に身が入らなくなったのだ。三枝が二軒の酒屋をうっかり取り違えたように、自分もまた、六月二十一日、砂村悦子の住居を取り違えていたのではないか。中野の仕事場に電話をするつもりで、うっかり大森の自宅のほうにかけていたのではないか。的場はそう思いついたのだ。

的場の手帳に記された砂村悦子の住所は、自宅と仕事場が上下に並んで書き込んであった。的場と悦子の付き合いの浅さから考えて、的場が悦子の自宅や仕事場の電話番号を暗記していたとは思えない。おそらく、手帳を見ながらかけたのだろう。そのとき、つい、仕事場の電話番号を見ているつもりで、実は大森の自宅の電話番号をダイヤルしていたのだ。もし、その電話に悦子が出なければ、悦子の代わりに里見充子が出ていたら、的場もそこで自分の間違いに気付いただろう。だが、電話には悦子が出てしまった。それで、的場は仕事場にかけたと錯覚してしまったのだ。

つまり、砂村悦子はあの時刻大森の自宅に帰っていたということになる。そうなれば、当然殺害現場も中野ではなく、大森だったのではないか。それを裏付けるのが、あの中野のマンションの住人、小堀洋平というカメラマンの証言だった。小堀は、六月二十一日、午後二時ごろ、悦子らしい女が１１０号室の前に立っているのを目撃したと言った。しかし、エレベーターを降りて、すぐに表玄関を出てしまった小堀は、そのあと砂村悦子がどうしたかは見ていない。はたして、悦子は鍵を開けて中に入ったのか、それとも鍵をしめて外に出たのか。カメラマンは、あとで新聞や週刊誌の記事を読んで彼女が部屋で殺されていたと知り、砂村悦子が外出先から戻ったところだと思い込んでしまったのだろう。

悦子は本当は外出先から帰ってきたのではなく、これから外出しようとして部屋の前に立っていたのだ。それが午後二時少し前だとしたら、大森の自宅にかかってきた編集者の電話に出たのは、たぶん、自宅に着いてすぐだったのかもしれない。

　こう考えれば、悦子が外出時と同じ服装のまま殺されていた理由も納得がいく。

「悪夢はあの日からはじまったのです。六月二十一日。何か不吉なことが起きそうな、蒸し暑い、厭な日でした。しかし、あんなことが起きようとは……。あの日、七時ごろ、店から戻った私は、いつものように、玄関の呼び鈴を鳴らしました。が、義母はなかなか出てきません。ドアを開けてみると施錠はしてありませんでした。あの義母にしては不用心だと思いながら、中に入り、なにげなく応接間の照明を点けた私の目に何が飛び込んできたと思いますか？　カーペットの上に血まみれで倒れている妻を発見したのです。そのときの驚きといったら、とても口では言えません。悦子はすでに事切れていました。私は最初、妻が仕事場から帰ってきたところを、物盗りか何かに襲われたのかと思いました。すぐに義母のことが気になりました。もしかしたら、義母も、と考え、部屋に行ってみると、そこに義母がいました。明かりも点けない暗い部屋に。ボンヤリとして、まるで魂の抜けたような様子で。私は一体何があったのか問いただしました。義母は昼間突然帰ってきた悦子と私のことで口論になり、ついカッとして刺し殺してしまったと涙ながらに告白しました。

私はこの思いがけない告白に大変なショックを受けました。どんな口論があったにせよ、義母は実の娘をその手で殺してしまったのですから。しかも、その口論の原因というのが私のことだったのです。

実は私と妻とはうまくいっていませんでした。妻のほうから別れ話が出ていたのです。例のミステリー賞を取った後ではありません。もっとずっと前からです。むしろ、悦子は私と別れたくて小説を書きはじめたといってよいでしょう。結婚した当初から私たちはうまくかみ合っていなかったのです。悦子は最初から私には何の愛情も感じていないようでした。歳も離れていますし、私はこのとおりの風采のあがらないつまらない男ですから、彼女のような女には退屈だったのかもしれません。それでも一緒に暮らしているうちに、恋愛感情は無理だとしても、家族としての愛情のようなものはそのうち感じてくれるのではないかとひそかに期待していましたが、それも叶わぬ願いだったようです。

私のほうも最初こそは若い妻に恋に近い感情を抱いていましたが、彼女の態度がいつまでたっても冷たいものなので、いつのまにか気持ちが離れてしまいました。私たちは長いこと、食卓を挟んで手を伸ばせば互いに触れられる距離にいながら、まるで何マイルも離れたところで暮らす者同士のように心は離れていたのです。そのうち、私の気持ちは彼女よりも——」

昌宏はそこで言いにくそうに言葉をいったん呑みこんだ。が、貴島には彼が言わんとしたことはすぐさまわかった。こう言いたかったのだろう。「妻よりも妻の母親のほうに気持ちが傾いていった」と。里見充子は五十を過ぎていたが、けっして干からびてはいなかった。薄闇が訪れても西の空に夕映えがいつまでも残っているように、若いころの華やぎがいまだに目元や仕草に残っている女だった。男の目にまだ美しいと感じさせるものが、その身にはあった。それに年の功で、娘よりも男の扱い方をよく知っていたのだろう。昌宏が自分に心を開かない若い妻よりも、その母親のほうに愛情を感じはじめたとしても不思議ではなかった。

「悦子はうすうすそのことに気付いていたようです。私が、その、妻に抱くような気持ちを妻の母親のほうに抱いていることを……。彼女が私と別れたいと思ったいちばんの原因は案外そんなところにあるのかもしれません。プライドの高い女でしたから、自分のほうはこれっぽっちも愛していない夫でも、自分以外の女——たとえ母親でも——に目を向けるのは我慢がならなかったのでしょう。いつも取り澄ました冷淡な顔をしていましたが、あれでけっこう嫉妬深かったのですよ。自ら小説のなかでも書いているように、あれは胸に蝮《まむし》を飼っていた女でしたから——」

昌宏は口元に奇妙な笑いを浮かべた。

「悦子がふいにうちに帰ってきたとき、義母は応接間の模様替えをしようとしていたのです。絨毯やカーテンを夏用のものに替えようとしていたところだったのです。幸い、悦子が帰ってきたので、手伝わせて応接間のソファを外に運び出し、厚手の絨毯を薄手のものに取り替えようとしていました。口論がはじまり、悦子が刺されたのは、まさに古い絨毯を取り除いて、新しいものを敷き詰めた、そのときでした。凶器は、あの編集者を殺したのと同じ柳葉包丁です。刺したのは腹でしたが、悦子は刺されたショックで心臓麻痺を起こしたようです。義母が我にかえったときには絶命していたそうです。それが午後三時半ごろのことです。そのとき、玄関の電話が鳴りました。義母はフラフラと応接間を出て電話を取りました。義母がよく行く美容院からでした。予約の確認の電話だったそうです。あの血の足跡はそのときついたのです。あれは義母が応接間のドアから出ようとして絨毯の上にうっかりつけてしまったのです。あの青い絨毯の上に」

3

鏡の前まで続いていた血染めの足跡の謎はこういうことだった。あの不思議な足跡は犯人が故意につけたものではなかった。殺人そのものは計画的なものではなく、偶発的なものだったのだ。ただ、そのあとで……。

「私は義母の話を聞いて、すぐに義母を救わなければと思いました。なぜか妻の死を悼む気にはなりませんでした。応接間に悦子の死体をいつまでも置いておくわけにはいきません。警察に通報することもできません。義母を娘殺しの罪で世間にさらしたくなかったからです。私はあることを思いつきました。悦子が大森ではなく、中野の仕事場で殺されたように見せかければ、義母は助かるのではないかと。さいわい、義母は悦子を殺害した直後に美容院からの電話に出ています。しかも、予約を取り消すことができず、四時ごろ、本当に美容院に足を運んでいるのです。もし、悦子が中野のマンションで殺されたようにしたら、義母にはアリバイがあることになります。それで、私は悦子の死体をこっそり中野に運んで、そこで殺されたように見せかけることにしました――」

　貴島は昌宏の話を聞きながら、奇妙な疑惑にとらわれた。それは、里見充子が娘を殺害したあとで、平然と美容院に現われ、髪を整えてもらっていたという事実に改めて接したからだ。実の娘を殺したあとで、美容院に出掛けていく。充子の心理が理解できなかった。それとも、あのような女の心には男の理屈ではとうてい測りきれない深い沼のようなものが潜んでいるのだろうか。

「しかし、悦子の死体だけを中野に運ぶことはできません。腹を刺された死体はかなりの血を絨毯の上に流していたからです。死体だけを中野のマンションに置いたとしても、すぐに警察に怪しまれてしまうでしょう。どこか他の所で殺されてここに運びこまれたのではないかと。そこで、危険な方法だとはわかっていましたが、血のついた絨毯ごと運ぶことにしました。こんな突拍子もない方法を思いついたのも、私が家具店などやっていたせいでしょうか。うちのトラックを使えば、死体と絨毯を中野まで運ぶのは、造作もないことです。しかも誰にも気付かれずにできます。

それに、応接間に敷いた絨毯は八畳用のものでした。中野のマンションのほうへは悦子が引っ越した日、管理人に挨拶しに私も一緒に行っております。仕事部屋が八畳の洋間だということを覚えておりました。私が行ったときには絨毯はまだ敷いてありませんでした。これから夏場に向かうので絨毯を敷く気はないと言っていたのを思い出しました。あの部屋なら、応接間に敷いた絨毯がうまく当てはまるのではないかと思ったのです。今から考えると、私らしくもない大胆なことを思いついたものです。小心で地道に生きてきた人間ほど、何かの拍子にとんでもないことをやるのかもしれませんね。

そして深夜になるのを待って、義母と計画を実行に移しました。店のトラックを使って、死体と絨毯を中野に運んだのです。死斑の現われ方で、死体を動かしたかどうかわかるそうですね。悦子が小説を書くために揃えた法医学関係の本にそう書いてあるのを読んだ記憶があります。それが心配だったので、トラックの荷台に死体を積むときも、死体の姿勢には注意しました。

最大の難関は、マンションに着いて、死体と絨毯を110号室に運び入れるときです。一階だったので、運びやすかったのですが、それでも一生分の冷や汗をかきました。誰がいつなんどき、私たちの不審な行動を目撃するかわからないからです。しかし、さいわい、私たちは誰の目に触れることもなく、死体と絨毯をあの部屋に運び入れるのに成功しました。

あとは、悦子がそこで殺されたように見せかけるだけです。まだ引っ越してきたばかりで部屋には家具らしい家具もなく、案の定、床は剝き出しのままでした。血のついた絨毯を敷き詰めるのは楽でした。ありがたいことに、絨毯はあの部屋にピッタリでした。ところが、ひとつだけ、愕然とすることが起きてしまいました。私も馬鹿でした。どうして最初から気がつかなかったのか。義母がつけた足跡が、大森の家では応接間の戸口に向かっていた血染めのスリッパの跡が、とんでもない方向に向いてしまったのです。当然ながら、大森の応接間と中野の仕事場とは戸口の位置が違っていたのです。こんなことにも気が付かなかったとは。

絨毯をどう動かしてみたとて、血染めの足跡をドアの方向に向かせることは不可能でした。どうしても壁に向かってしまうのです。これは、悦子の死体が発見されたとき、警察に怪しまれるもとになります。何もない壁に向かって犯人が何の目的で歩いたのか。警察は当然そう怪しむでしょう。かといって、今更また死体と絨毯を大森まで持ち帰るわけにはいきません。この二つのものをマンションに運びこむときに、私は一生分の冷や汗をかいてしまったのです。もうかくべき汗も残っていません。

そこで、私は考えました。そのとき、ある考えが閃きました。あの部屋にはちょうど全身が映し出せる鏡がありました。悦子は子供のころから鏡には異常な執着を持っていましたし、お洒落な女でしたから、何はさておいても鏡を買い求めたのでしょう。この鏡は最初は六畳の洋室のほうに置いてありましたが、私はそれをあの部屋に移しました。そして、足跡の向かっている壁にたてかけたのです。こうすれば、犯人が鏡を見るために、うっかり血染めの足跡を絨毯の上につけてしまったように見えるのではないかと考えたのです。

ただ、あの足跡は行きだけで引き返した跡が全くないので、そこのところが心配でしたが、あれ以外の知恵があのときの私には浮かばなかったのです」

つまり、犯人は鏡に向かって血染めのスリッパで歩いたのではなく、血染めの足跡にだったのだ。先にあったのは足跡のほう、意味をもたせるために鏡のほうを後であそこに置いたのだったのだ。これが、あの不思議な足跡の真相だったのである。

そして、一見重要な手掛かりに見えた、血染めの足跡のひとつから発見されたO型の血液型の成人女子の髪の毛も、事件とは全く関係のない女性のものであったのかもしれない。あれは、中野のマンションではなく、大森の砂村邸を訪ねた女性のものだったのだ。たまたま落ちていた髪の毛が充子のスリッパの裏にくっつき、それが絨毯の上に運ばれたにすぎなかったのだろう。

「それから、私は大森から持ってきたスリッパとマンションにあったスリッパとを交換しました。黒とグレーをあしらったスリッパは私の家にあったものなのです。ちょうど、夏の模様替えで、スリッパもビニール製のものに替えたばかりでしたので、家のほうのも真新しいものだったのです。悦子の仕事場にあったのは、白っぽい地に小花を散らした模様のスリッパでした。スリッパを替えたのは、悦子が履いていたスリッパに血がついていたからです。血のつき具合や絨毯の跡などから考えて、死体のスリッパをぬがすわけにはいきません。それで、スリッパを履かせたまま、中野まで運んだのですが、小花の模様のスリッパのなかに、黒とグレーのスリッパがあったのでは怪しまれるもとになりますから、いっそ全部取り替えてしまったほうがいいと思ったのです。

しかし、義母が履いたスリッパだけは持ち込みませんでした。義母は素足にスリッパを履いていたので、足の指紋が残っていることを恐れたのです。いくら拭いても、どこに証拠が残っているか知れたものではありません。裏に血のついたスリッパがなくなっていても、犯人が持ち去ったものと警察には解釈されるだろうと思いました。

こうして、中の小細工を終えると私たちはマンションを出ました。このとき、合鍵を使ってドアを施錠しました。なぜドアを施錠したかというと、悦子を襲った犯人が死体の発見を遅らせるために、悦子の鍵を使ってドアを施錠してから逃走したというふうに見せたかったからです。それに、義母の話だと、悦子は大森に来る途中、部屋の鍵をなくしたと言っていたそうです。実際、彼女のハンドバッグのなかを見ても鍵がありませんでした。この勘違いで、私たちは危うく自分で自分の首を絞めるところでした。部屋が密室になっていたら、当然、合鍵を持っている人間が真っ先に疑われるのですから。しかし、悦子がマンションで殺されたと考えられている限り、私も義母にもアリバイがあります。

そして、翌日、義母は部屋の整理に来たような振りをして、悦子の死体を発見することにしました。早く死体が発見されなければ、せっかくのアリバイ工作も無駄になりかねませんし、やはり妻をあのままの形で放置しておくのに忍びません。そこで、義母は偶然啓文社の的場というあの編集者と会ったのです。死体の発見者は一人よりも二人のほうがより都合がよかったので、これは幸いというべきでした。が、このあと、義母は身の竦《すく》むようなことを知ってしまいました。管理人室で取調べを受けているとき、的場という編集者が、六月二十一日の午後三時ごろマンションに電話して悦子と話したと言ったからです。そんなはずはありません。あの日の三時ごろといったら、悦子は大森に帰っていたのですから。仕事場の電話に出るわけがありません。的場という人が嘘をついているのか、何か勘違いしているということになります。

そのとき、義母は思い出したのです。あの日、ちょうど三時ごろ、義母がトイレに入っているときに、悦子が帰ってきたことを。義母がトイレから出ると、ちょうど悦子が玄関で靴を脱いでいるところだったといいます。うちの電話は玄関に置いてあるのです。トイレと玄関は離れているので、トイレに入っていると、電話の音はよく聞こえません。ひょっとすると、悦子は玄関に入ってすぐに鳴った電話に出たのかもしれません。つまり、的場という人が間違えて自宅のほうに電話してきたのではないか、と後になって思い当たったのです。

これは大変なことです。もし、編集者がこの事実に気付いたら、あの日、悦子が大森に帰っていたことがばれてしまいます。ですが、編集者はそのことには夢にも気付いていないようでした。仕事場にかけたものと思い込んでいたのです。そう思いこんでいてくれる限り、私たちは安泰でした。彼の勘違いのおかげで、悦子が中野で殺されたように見えるからです。しかし、これは非常に微妙な問題でした。あの編集者は私たちにとって、ひとつの恩恵であると同時に脅威でもありました。もし、彼が自分の間違いに気付いたら……。さっきも話しましたが、それで、私は刑事の振りをして啓文社に電話をかけ、彼がまだ勘違いに気付いていないか確かめました。ところが、私が電話をした直前に本物の刑事が訪ねてきたそうで、私はもう少しでニセ刑事であることを知られてしまうところでした。あのときはヒヤッとしました。でも、ちょっとしたやりとりから、編集者が自分の間違いには全く気付いていないのがわかりましたので、ほっとしたのです。

　だが、そのあとで悦子の書きかけの小説というのが見付かり、事件は私自身思ってもみなかった方向に進んでいきました。私がアリバイ工作に鏡を利用したことと、悦子の小説のなかに鏡が出てくることとは全く偶然の一致でしたのに」

　偶然の一致？　貴島は思わず口をはさんだ。

「足跡の向かっている壁に鏡をたてかけるという着想は、悦子さんの小説を読んで思いついたのではないのか？」

「違います。彼女の小説のことなど私は知りません。葬儀のとき、刑事さんに見せられるまで読んだこともありませんでした。だいたい、あれは賞にだって、私に隠れて書いてこっそり応募していたくらいですから。私に書いたものを見せてくれたことなどありません」

昌宏はやや口を歪《ゆが》めて言った。

「では、悦子さんの原稿を持ち去ったのはあんたじゃないのか？」

「原稿？　知りません。それどころではなかったのですから。私があの部屋に何をしに行ったと思っているんですか。のんびりと原稿なんか読んでいる暇はありませんでしたよ」

「しかし、机の上に原稿があったはずだが」

「覚えていません。あったかもしれません。もし、その原稿がなくなっていたなら、持ち去ったのは義母かもしれません。少なくとも私ではない」

昌宏はそっけなく答えた。そのそっけなさが妻の原稿に全く興味のないことを如実に示していた。原稿について知らないというのは本当だろう。嘘をついているようには見えなかった。

しかし、だとしたら、原稿を持ち去ったのは里見充子だということになる。なぜ、充子があの原稿を持ち去ったのか？　貴島は今ひとつ釈然としなかった。

「ただ、あの小説を読んで、私はあれを利用することを思いつきました。義母から昔の話を聞きました。アイ子という娘や鈴子という人のことも。それで、あんな鏡文字の手紙を書いたのです。あれを書いた目的は何も昔の事件に動機があるように警察に思わせるためではありません。二十七年前に死んだ悦子によく似た少女が鏡のなかで生きているだとか、その女が鏡から抜け出して悦子を殺したとか、そんな馬鹿げたおとぎ話を警察が信じるわけがない。あんなものを書いたのは、あの殺人が衝動的なものではなく、悦子を長年恨んできた者による計画的なものであるように見せかけるためだったのです。あの殺人が計画的なものだと思われている限り、義母に疑惑の目が向くことはありませんし、あの絨毯の足跡の本当の意味も隠すことができます。

　そして、実際、私のこの細工は成功したかのように見えました。警察では、悦子の小説と事件を結び付けて、捜査が混乱しているように見えました。私は、このまま犯人もわからず迷宮入りになってくれたらと思っていたのですが……。

　しかし、そうはいきませんでした。あの編集者がとうとう真相に気付いてしまったのです」

4

「あの編集者は何かの弾みで、電話のかけ違いに気付いてしまったのです。そして、真犯人が義母であることを知ってしまいました。そのことを確かめに、七月七日、うちにやって来たのです。それを、追い詰められた義母が……。あとは最初に話したとおりです」

昌宏は二度も繰り返したくないというように、言葉を切って、口を結んだ。

七月六日、三枝のマンションで電話のかけ間違いに気付いた的場武彦の推理は、こういうものだったにちがいない。

あの日、自分が中野の喫茶店から電話をかけたのは、砂村悦子の仕事場ではなく、大森の実家のほうだったのではないか。それに悦子が出たのは、あの時刻、悦子は大森に帰っていたことになる。つまり、彼女は大森で殺されたのではないか。しかし、悦子の死体は翌日中野のマンションで発見された。もし、大森で殺されたのだとすれば、犯人が死体を中野まで運んだことになる。なんのために？　むろん、本当の殺害現場を隠すことでアリバイを作るためだ。しかも、犯人は死体を運んだだけではない。絨毯まで一緒に運んだのだ。腹を刺されて大量の血が流れたために、しかたなく絨毯ごと運んだのだろう。砂村は家具店をやっているから、レンタカーなど借りなくても足はある。

となると、あの絨毯についていた血染めの足跡は、大森の家のどこかの部屋でつけられたことになる。その部屋には、中野の部屋には鏡があるべき位置にドアがあったのではないか。あの足跡は犯人が鏡を見るためにつけたのではなく、ドアから出るためにつけたのだ。そう考えれば、足跡が行ったきりになって戻っていないことの謎が解ける。犯人はその部屋の戸口を出たきり、死体のところへは戻ってこなかったからだ。

ここまでたどり着ければ、武彦が麻雀の帰り、駅への道を歩きながら河野百合に言った言葉の意味もわかる。

「犯人は本当に鏡を抜けて出て行ったのかもしれない」

これは、「中野のマンションでは鏡のあった位置に、本当の殺害現場ではドアがあったのだ。犯人はそれを抜けて出ていったのかもしれない」というような意味だったのだろう。

中野の部屋と大森の部屋。ふたつの部屋を重ねてみれば、まさに、鏡のなかにドアがあったことになる……。

そして、的場は続けてこう推理したにちがいない。

では、悦子を殺した真犯人は誰か。当然、大森の実家に関係のある人間だ。夫の昌宏か？　いや、彼ではない。彼には確かなアリバイがあるし、死体の傷口から割り出された犯人の背丈に合わない。あとは、母親の充子しか考えられない。彼女なら娘とほぼ同じくらいの背丈で、しかも、アリバイは娘婿ほど確かなものではなかった。悦子が大森で殺されたとすれば、大森に居てかかってきた電話に出たという彼女のアリバイはなきにも等しい。死体が転がっているそばで、彼女は電話に出たのかもしれないではないか……。

死体移動のトリックさえわかってしまえば、絨毯の上の足跡の謎も密室の謎もからんだ糸がひとりでにほぐれるように解けてしまう。

しかし、なぜ充子が？　実の母親が？

おそらく、的場は動機が知りたくて自らの足で砂村邸を訪ねたのではないか。

「そうすると、里見充子を殺したのは……？」

悦子も的場も充子に殺された。それなら、その充子を誰が？

「義母自身です。あれは自殺だったんです。やはり、ふたりもの人間をあやめてしまったことが義母には耐えられなかったのです。あの土曜の夜、私が店から戻ったとき、玄関のドアが施錠されていなかったというのは嘘です。本当は施錠してあったのです。何度呼び鈴を鳴らしても義母が出てこないので、私はしかたなく庭にまわりました。そこで、死んでいる義母を見付けたのです。義母は片手に剃刀を握っていました。自分で自分の喉を切ったのです。遺書こそありませんでしたが、自殺であるのはすぐにわかりました」

　神谷智子の見た「おばさんの左手が眩しかった」というのは、充子の左手の指環に陽が反射していたのではなく、充子が握っていた剃刀が光っていたのである。しかも、左手に剃刀を握っていたということで、充子が実は左利きだったことも、あの証言は暗に語っていたのだ。

　それから、部屋の奥で人が動いたようだったという智子の証言も、たんなる見間違いか、あるいは、部屋の奥にあった姫鏡台に庭からそれを見た智子自身の姿が映ったのを、誰かが部屋にいるように錯覚したのではないだろうか。少女は犯人ではなく、鏡に映った自分の影を見たのだ。

「しかし、そのままの状態で警察に通報することはできませんでした。義母が自殺したとわかれば、当然、自殺の動機が調べられるでしょう。そこから義母の罪が暴露されることを恐れたのです。いや、義母の罪というより、その義母に手を貸した私の罪が、といったほうがいいかもしれません。私は殺人こそ犯してはおりませんが、事後共犯であることは間違いないのです。そこで、咄嗟に、義母も殺されたように装うことを思いつきました。それで、義母の手にあった剃刀を取って、それを公園の池に捨てました。凶器さえなければ、他殺だと思われるだろうと考えたのです。しかも、私が帰ったときには、玄関のドアは施錠してなかったと嘘をつきました。犯人が玄関から逃げたように思わせるために」

七月十四日、誰も砂村邸から逃げる犯人の姿をみていないのは当たり前だった。犯人など最初からいなかったのだから。

また、中野の場合も大森の場合も、犯人がかなりの返り血を浴びたはずなのに、手やからだを洗った痕跡が現場に見られなかったのも当然である。中野の場合は、殺害現場が他の場所で、死体はあとで運び込まれたものだったからであり、大森の場合は真相は被害者の自殺にすぎなかったからである。

「これでお話しすべきことは全部です」

砂村昌宏は両手をきちんと膝に置いて、そうキッパリと言うと頭をさげた。

その後、砂村の供述に基づいて、いくつかの確認の作業が取られた。まず、砂村邸近くの公園の池をさらうと、そこから女性用の剃刀が発見された。わずかだがルミノール反応が出て、里見充子の血液型と完全に一致した。さらに、中野のマンションの110

号室の八畳間の絨毯を取り除いてみると、床には血液反応がないことがわかった。敷かれていた絨毯は夏用の薄手のものだったから、その上で血が流されれば、当然床にまで血が染み込んだはずである。それが血の染み込んだ形跡がないということは、血のついた絨毯があとでどこからか運び込まれたことを意味していた。

逆に、砂村邸の応接間を徹底的に調べてみると、丹念に掃除したであろうにもかかわらず、砂村悦子の血液型と一致する血液の付着が床とドアの敷居から発見された。

砂村昌宏の自供になんら矛盾点は見いだせなかった。一連の事件を怪奇的に覆っていた不可解な謎はすべて解明され、真犯人の自殺によって事件は一件落着した。

いや、一件落着したかのように見えた。

そのころ、ある地方都市の書店にひとりの女が入って来た。歳のころは三十前後。やや細面の顔に銀縁の眼鏡をかけている。肩まである髪を無造作に後ろでたばねて、白い半袖の飾りっけのないブラウスに紺の地味なスカートをはいていた。白粉っけも少なく、どことなく学校の教師を思わせる女だった。

女は書店に入ると、ためらわない足取りで、発売されたばかりの雑誌類が並べられている棚の前まで来た。そして、物色する様子も見せず、積まれた月刊誌のひとつにすっと手をのばした。昨日の二十四日に発売された雑誌だったが、他のに較べて売れ行きがいいらしい。涼しげな白い服を着た女がテーブルについて頬杖をついている洒落た水彩の表紙を開くと、プンとインクの匂いが鼻をつく。

女はハンドバッグを小脇に抱え直すと、畳んであった目次を広げた。それを素早く目で追っていたが、読みたい頁を確認したのか、すぐに真ん中あたりを開いた。

そこには、「ミラージュ」とタイトルされた短編が掲載されていた。ひとりの女が長方形の鏡のなかに半分からだを入れている幻想的な挿絵がついていた。

女は文章を読むのに慣れた目つきで、その短編を読みはじめた。時折り、ハンドバッグを抱え直し、鼻までずり落ちた眼鏡を指で押し上げ、めくりにくい頁をめくるためにこっそり指をなめた。

女の目は素早く上下した。眼鏡の奥の目が飛びださんばかりだった。しばらくして、女は読み耽っていた雑誌から顔をあげた。

その顔はこころもち青ざめていた。

Ⅸ章　鏡よ、鏡……

1

八月も半ばを過ぎた。

七月にはどこかのんびり聞こえた蟬の声も、このころになると、いっせいに悲鳴に近い声になる。いのちのありったけを声にして絞り出しているようだ。炎天下、木立ちの間を歩くと、頭上に降りしきる緊迫した鳴き声に、何か責められているような気がして思わず頭《こうべ》をたれてしまう。おまえたちはこれから先ものんべんだらりと生きていくのだろうが、おれたちの命はもうこれまでなんだ。薄翅《うすはね》をもつ虫はそう言って人間の無為を責めているようだった。

やがて、この声はだんだん生命力を失っていき、いつしか気が付くと、さみしげに鳴く秋の虫の声に代わっている。

ドアが荒っぽい調子でノックされたとき、貴島柊志は腕枕で、まるで鉄板の上で焼かれているような蟬の声を聴いていた。非番の日だった。

表の錆びた鉄階段をカンカンと昇る足音の騒々しさから、歓迎したくない訪問客であることは察していた。おおかた大家がたまった家賃の催促にでも来たのだろうと、半身を起こして身構えた。殴りつけるようなノックの仕方は、あの婆さん以外の何者でもない。

この前のように居留守を決め込もうとも思ったが、近所中に聞こえるような大声で、「やれやれ、また留守か。警官が家賃を滞納するようじゃ、日本もおしまいだわな」などとぼやかれたら、外聞が悪い。

せめて一月分でも入れておこうかと思い直し、渋々立ち上がって、ドアを開けると、ドアの外には意外な人物がつっ立っていた。

中野署の倉田義男だった。

貴島はうまく追いはらったはずの疫病神に舞い戻られた男のような顔をした。あの事件が解決し、捜査本部が解散して、このありがたくないパートナーとはやっと袂《たもと》を分かつことができたというのに……。

「ちょっと、いいですかね。やぼ用でそこまで来たもんだから」

相変わらず、仏頂面でそう言ったときには、すでに形の崩れたドタ靴を脱ぎ捨てて、倉田は中に入っていた。いいも悪いもない。

「久し振りですね」

何か用か、と言いかけて、貴島はそう言い直した。

「なんだ、こんなボロ家だとわかっていたら、もっと安酒にすりゃよかった。大学出はもっと洒落た所に住んでると思ったんでね」

倉田は侮蔑《ぶべつ》的なまなざしで、見事なほど何もない部屋を見回した。西陽のために（窓が真西を向いていた）赤茶けた畳の六畳間は、本当にここで人が暮らしているのかと疑いたくなるほど何もなかった。愛想のないちゃぶ台と洋服簞笥。安物の本棚におさまりきれない本がそこらじゅうに散らばっている様はまるで学生の部屋だった。

「なんだい、この妙チクリンな葉っぱは？」

招かれざる客は玄関ちかくに置いてあった、白い斑《ふ》の入った細長い葉がカールしている鉢植えの植物に目をとめた。

「万年青《おもと》ですよ」

「オモト？　なんだそりゃ」

倉田はちゃぶ台にさっさと座ると、持ち帰りたいような顔つきで、手土産の包装を解いた。ジョニ黒があらわれた。

「まあ、観葉植物の一種です」

貧乏所帯に不似合いな典雅な趣味について、倉田に説明しても無駄だと思ったので、貴島はあっさりと質問をかわした。

「盆栽みたいなもんかね」

「そんなもんでしょう」

「ちゃんと世話をしないから、腐っちまってるじゃないか」

倉田は真顔で言った。

「腐ってるわけじゃないんですよ。ああいう葉の形なんです」

「最初から？」

「最初から」

「へえ。あんなケッタイなもの、飾って何が面白いんかね」

「あのケッタイなとこが面白いんですよ。倉田さん、今日は非番ですか」

万年青の話は打ち切りたくて、そう言った。

「それで、どんな花をつけるんだ？」

倉田義男には万年青がよほど珍しかったらしい。「非番か」という質問には軽く頷いただけで、話題を変える気はないようだった。

「どんな花が咲くのか」

貴島はふいに昔を思い出した。これと同じ質問をある女にしたことがある。痩せぎすの、平べったい左乳の下に得体の知れない傷痕のある小柄な女だった。その女とは父が死んだ後もしばらく一緒に暮らしていた。女は万年青を育てていた。いつも熱心に世話をしていた。そのひたむきな姿を見ながら、子供だった貴島は、部屋のすみで膝を抱えながら、女の背中に向かって訊いたことがある。「どんな花が咲くのか」と。特別その植物に興味があったわけではなかった。ただ、退屈だったので何か話をしたかったのだ。なにげない質問のはずだったのに、女の振り向き方は烈しかった。少女のようなおかっぱにした髪が振り向いた拍子に頬を打ったように見えた。

「花なんか咲かないのよ！」

女は叫ぶように言った。「花も咲かないのに、どうして……」そんなに熱心に世話をするのだと言いかけて、黙った。自分を見詰める女の目が憎悪に燃えていたからだ。憎悪の炎はひと粒の涙に結晶して、女のくたびれかけた皮膚を滑り落ちた。黙りこくって膝に顎を載せていた彼の耳に、呪文のように呟く声が聞こえた。

「あんたさえ、あんたさえいなければ……。花は咲いたのよ」

謎のような言葉だった。女はあのとき、四十四歳になっていた。なにが気に触ったのか、泣きじゃくりながら、手近のものをつかんでは壁に叩きつけはじめた。貴島は亀の子のように首をすくめて、女のヒステリーの発作がおさまるのを待った。それは驟雨《しゅうう》のようなものだった。月に何度か、その驟雨は少年を襲った。普段はうっとうしいほど自分に優しい女がそのときだけは別人のようになった。日ごろの鬱憤が何かの拍子に爆発するらしかった。少女めいた童顔が突如般若《はんにゃ》のようになった。それがたまらなく怖かった。

万年青は花が咲く。実だってつける。育てていれば、そのくらいのことは知っていたはずなのに、あの女はなぜあのときあんなことを言ったのだろう。

万年青は花よりも、芸と呼ばれる葉の変化を楽しむ観葉植物だから、そういうつもりで言ったのかもしれない。が、今思えば、女は万年青にたとえて自分自身を言ったのかもしれなかった。父と女はついに結婚はしなかった。ある夜、ふと目を覚ますと、父がぼそぼそと低い声で、「このままがいい。子供ももう欲しくない」と言っているのを聞いた記憶がある。女も低い声で、「いいわよ、それで」と答えただけだった。

女は発作を起こした後は、また無気味なほど優しくなった。次の発作を起こすまでは狭い台所に立った。
まだ珍しそうに万年青を見ている倉田にそう言うと、申し訳程度についているような
「非番なら、さっそく一杯やりましょうか」
……。
「この部屋でジョニ黒はもったいないな」と倉田はぼやいた。
「あいにく、この部屋に合うような酒は切らしてるもんで。肴もろくなのがないんです
が、コンビーフでいいですかね？」
台所から訊くと、倉田は「コンビーフだろうがキャットフードだろうが、口に入りさ
えすれば何でもいい」と彼らしい答え方をした。
二個のグラスにジョニ黒を注ぎわけた。すでに、陽は傾きかけていて、窓から入る西
陽が目の高さまでかかげたグラスの縁を黄金《きん》色に染めた。それに焦げ付くような蟬の声
が降りそそぐ。
「くそ暑いな。風がそよともきやしねえ。クーラーを取り付けるような部屋じゃないの
は見ればわかるが、扇風機くらいないのかね」
「扇風機くらいありますよ」
そう答えて、さっきまで使っていた団扇《うちわ》を渡すと、倉田は片方の眉を吊り上げた。

「これが扇風機かね」

生まれてはじめて団扇を見るような目つきで見遣って言った。

「手動扇風機です」

「ま、ないよりましか」

そう呟くと、ヤケクソのようにあおぎはじめた。

「例の事件ですが、ぼくは今ひとつ釈然としないことがあるんですよ」

貴島はグラスを置くと、口を拭いながら言った。

倉田は「？」というように、団扇をせわしなく使いながら見る。

「里見充子の動機です。砂村悦子を殺した動機が今ひとつ納得がいかない。本当に口論の末にカッとなってやったのか。もし、充子が手近にあった凶器を咄嗟につかんで、それで刺したというなら、まだ納得はいきます。だが、凶器は包丁でしょう？　現場が台所だったというならともかく、応接間なんです。応接間に最初から包丁があったとは思えない。充子はわざわざ台所まで凶器を取りに行ったことになる。発作的な犯行にしては、どうもこのあたりが釈然としないんですよ」

「昌宏の供述は嘘だって言うのかね」

「いや。嘘だとは思いませんよ」

「じゃ、まだ何か隠しているのだと？」

「いや。そうとも思えない」

貴島は砂村昌宏の何もかもあきらめきった淡々としたまなざしを思い出した。あの目から、彼はかかわったことはすべて洗いざらい喋ったのだという感触をもっていた。

「それじゃ、どうだというのだ？」

「昌宏はあとで充子から聞いた話を我々にしたにすぎませんからね。彼も充子が娘を殺そうとした真の動機は知らないのかもしれない」

「それじゃ、なんだ。充子が計画的に悦子を殺したとでも言うのかね。実の娘を」

倉田は団扇をとめた。

「計画的とは思いませんが。やはり状況的にみて、発作的な犯行だったんでしょう。ただ、その動機がたんに昌宏をめぐっての口論によるものなのか、どうか。何かスッキリしないものを感じるんですよ」

「ようするに、勘だろう、あんたの」

倉田はそう言って鼻を鳴らすと、また団扇を使いはじめた。

「そうです。でも、勘だけとも言い切れない。たとえば、あの紛失した短編の原稿がある」

「原稿？」

「あの『ミラージュ』という短編ですよ。ワープロのインクリボンに印字の形跡が残っている限り、悦子はあれを一度は紙の上に印字したはずなんです。それなのに、その原稿が忽然と消えている。悦子が自分で破棄した理由が考えられないから、誰かが持ち去ったんです。砂村があの原稿のことを知らなかったとすると、あれを持ち去ったのは充子ということになる。１１０号室は死体が発見されるまで施錠されていたから、他の者が盗ったという可能性は考えられません」

「あの的場という編集者だったんじゃないのか。フロッピーと一緒に持ち出したんだろう？」

「それはないと思います。もし、そうなら、フロッピーを持ち出したことが我々にばれた段階で打ち明けるでしょう。隠す理由がない。やはり、的場が机の上を見たときは、すでに原稿はなかったのだと思いますね。どう考えても、あの原稿を持ち去ったのは充子なんです。それに、彼女があの原稿を持ち去ったのだと考えれば、フロッピーやインクリボンをそのままにしておいた理由もわかる。年齢から考えて、おそらく充子はワープロの機能についてあまり詳しくなかったでしょうから。だが、なぜ彼女が娘の小説を持ち去らなければならなかったのか――」

「つまり、充子が娘を殺した真の動機はあの短編にあるとそう言いたいのかね」

「そうです。昌宏の供述では、あの小説は今度の事件と無関係だったように思えますが、ぼくには、昌宏が知らないところで、あれは事件とかかわっていたのではないかと、そんな気がしてならないんですよ」

「そういえば――」

倉田が何かを思い出す顔つきになって、はたと団扇を動かす手をとめた。

「捜査本部が解散してから、あれはいつだったかな、署のほうに水戸で教師をしているという女が訪ねてきたらしい」

「水戸といったら――」

砂村悦子の郷里だ。貴島はある予感にうたれて、口元まで持っていったグラスをとめた。

「どんな女です？」

「いや、おれは居合わせなかったから、詳しくは知らないんだが、三十くらいの眼鏡をかけた地味な女だったそうだ。学校の教師といった感じの」

「それで？」

「その女はあの事件のことで何か話があったようだが、相手をしたのが、『あれは解決して捜査本部は解散した』と言ったら、『そうですか』と言って帰っていったそうだ」

「それだけ？　どうしてもっと詳しい話を聞かなかったんですか」

「ちょうど、そのときパチンコ屋でチンピラ同士が刃物騒ぎを起こしているという通報があって、そっちのほうに気を取られていたんだな。済んだ事件を蒸し返してもしようがないと思ったんだろう。それに、その女だって、話といったってそんな重要な用件でもなさそうだったみたいだぜ。上京したのだって、他の用があったらしいし、近くまで来たので、好奇心を出して寄ってみただけかもしれない」

「好奇心だけで警察に立ち寄る女性はいないと思いますがね」

「それに、例の小説の載った雑誌を読んだと言ってたらしい。あの雑誌を読んで、自分の郷里に触れてあったので、興味本位にってこともあるさ。それが、捜査本部は解散したと聞いて、あきらめて帰ったんだろう」

三十くらいといえば、砂村悦子と同年配だ。悦子となんらかの交友関係にあった女性ではないだろうか。それに、あの短編の載った雑誌を読んで訪ねてきたというのも気にかかる。

「その女性の名前や住所はわかりますか？」

「身分を聞いたとき、名刺を出したそうだから、どこかに今でもあるだろう」

「ぜひ調べてください」
「調べてどうするんだ？」
「会ってみるんですよ、その女性に」

2

バスをおりると、貴島は駐車場を横切って、常磐《ときわ》神社の鳥居をくぐった。常磐神社は、黄門《こうもん》さまでお馴染みの水戸《みと》藩二代藩主光圀《みつくに》と、烈公と呼ばれた九代藩主斉昭《なりあき》を祭った神社である。両公の遺品や水戸藩の歴史資料などを展示した義烈館を右手に見ながら、境内を突っ切ると、大きなハリエンジュの木を脇に従えた偕楽園《かいらくえん》東門に出る。

東門を入ると、左手の案内板のそばに、紺色のワンピースに銀縁の眼鏡をかけた三十くらいの小柄な女性が手にもった紐つきの白いハンドバッグをぶらぶらさせながら、人待ち顔で佇んでいるのが目に入った。シーズンオフだから園内の観光客の姿もまばらである。一目で浅井澄代《あさいすみよ》だな、と見当がついた。

近付いて声をかけてみると、やはり間違いなかった。中野署の倉田からもらった名刺によると、署に訪ねてきたという女の名前は浅井澄代。高校の教師だった。さっそく彼女の勤務先の高校に電話を入れてみた。夏休み中なので、学校には出ていないかとも思ったが、さいわい、浅井は学校に居て、電話に出た。例の事件にかかわった刑事であることを話して、今日この偕楽園で会う約束をとりつけたのだった。

「夏休み中でも学校のほうに出てらっしゃるんですね」

「長期休暇というと、教師も生徒と一緒になってのんびり休んでいると思っている人が多いんですが、認識不足ですわね。ほんとうは普段と変わらないくらい忙しいんですよ。授業についていけない生徒の補習や部活動の指導やらでほとんど学校に出ていますし」

「そんなにお忙しいのに、お呼び立てしてすみません」

「あら、いいんです。たまにはこうした息抜きも必要ですわ。ここへくると、ほっとします。名所旧跡なんて、地元の者は案外立ち寄らないものなんですけどね」

そう言って浅井は笑った。眼鏡の奥の目が穏やかに細くなった。どちらかといえば、いかにも女教師といった風情だったが、厭な印象はなかった。体全体にある種の幸福感のようなものが漂っているせいかもしれない。お世辞にも美人とは言えないが、人あたりのよさそうな好感のもてる女性のようだ、と貴島は思った。

見せびらかしているわけではないが、指を動かすたびに左手の薬指の指環が目についた。小さいものだが、ダイヤのようだ。婚約指環らしい。やや骨張った指に、女性にとっては垂涎《すいぜん》の的であるこの宝石は似合っているとは申しかねるが、明らかに三十を過ぎているらしい彼女の表情の穏やかさは、この指環と無関係ではなさそうだった。

「吐玉泉《とぎょくせん》のあたりまで行ってみましょうか」

二人は玉砂利を敷き詰めた中央園路をぶらぶらと歩き始めた。右手に梅林が広がっている。偕楽園は、金沢の兼六園《けんろくえん》、岡山の後楽園《こうらくえん》と並んで日本三名園のひとつである。天保《てんぽう》十三年、斉昭公自らが設計した庭園で、「民と偕《とも》に楽しむ」という意図で名付けられたという。梅の名所でもある。広い敷地には、およそ百種、三千本の梅が植えられていた。春には花見客で賑わうが、今ごろはひっそりしている。園路の左手は広場になっていた。

「中野署のほうにいらしたそうですが？」

砂利を踏みしめながら、さっそく本題に入った。

「はい。調布《ちょうふ》の親戚に不幸がありまして。お葬式に出た帰りにちょっと中野まで足をのばしたんですけれど――」

「どういうご用件で？」

「それが――」と澄代は考えこむような顔付きをした。口元に気難しげな皺が刻まれた。何か話しにくいことなのか、あるいは、話す順序を考えているのか、目線を自分の影に落として、黙りこんだ。

「砂村悦子さんのことですね」

貴島は話しやすいようにきっかけを与えた。

「ええ」澄代は頷く。

「砂村さんとはどういうご関係です？　彼女をごぞんじだったんでしょう？」

「悦子さんとは、小学校から高校まで一緒だったんです。同じクラスになったことは一度しかなかったんですが、中学・高校とクラブが同じだったので、親しくしていました」

澄代の目がふと過去を懐かしむ色を帯びた。

「文芸部に入っていたんです。月日がたつのは早いものですね。今はその母校でやはり文芸部の顧問をしているんですから。放課後まで生徒たちと話し込んだり、同人誌を作ったりしていると、昔のことを思い出したりするんです。デジャ・ビュのような感じで、ああこれと同じことを昔もしたなって――」

女教師は感慨深げに言った。二度と戻らぬ日々に思いを馳せるとき、人の目に走る、あの痛みを一瞬こらえるような表情が、澄代の目に浮かんだ。現在がどんなに満ち足りたものでも、過ぎ去った過去のセピア色の彩りには、人の心をとらえて離さぬものがある。

貴島自身、ふいに的場武彦のことを思い出した。変わり果てた姿で紫陽花の下から発見された旧友のことを。ある意味で、今、浅井澄代と彼とは同じ感慨に浸っていた。

二人は藤棚をくぐり抜けた。葉の重なりから陽の光が射しこんで、貴島の肩あたりにある澄代の顔を青と白の縞にした。

「悦子さんとは親友だったわけですね」

「親友……。女同士に友情が成り立つなら、そうだったんでしょう」

澄代の口元にやや皮肉な微笑の影が宿った。

「悦子さんは小学校のころから目立っていました。とても可愛かったし、勉強もよくできたし、お父さんが中学の教頭をしているというので、先生がたも特別あつかいしているようでした。何でも持っている人でした。栴檀《せんだん》は双葉より芳《かんば》しといいますでしょう。まさに彼女のことを言っているようです。私など文芸部にいたといっても、下手の横好きの典型でして、せいぜい国語の教師になるのが似合いというところだったんですけど、彼女はどこか違っていました。だから、あの人がミステリーの賞を取ったと新聞で知ったときも――こちらの新聞にも見落とせないほど大きく載りましたから――（澄代の口元にまたあの皮肉の影がちらっと動いた）それほど驚きはしませんでした。いずれ、こういう日がくるという気がしていましたから。むしろ、大学を出てすぐ結婚したという噂を聞いたときのほうが驚いたくらいです。すぐに家庭に入ってしまう人のようには見えなかったので」

写真でしか見たことはなかったが、貴島には砂村悦子の少女時代が想像できた。体つきのほっそりした、目の大きな可愛い少女だったにちがいない。目の大きな女性が例外なく身につけている華やかな雰囲気を子供のころから持っていたのだろう。それに、ひきかえ、この浅井澄代という女性はどうだったのだろう。いつから眼鏡をかけはじめたかはわからないが、地味で目立たない少女だったに相違ない……。

「ただ、悦子さんはあまり友達の多いほうではありませんでした。どちらかといえば孤独な人だったと思います。美人で優等生で教頭の娘ということが、かえって敬遠される原因になっていたのかもしれませんが、彼女自身の性格に、もともと他人に打ち解けないところがあったようにも思います。私にしても、親友といっても、交友関係があったのは高校まででした。大学が別になったのを機にフッツリと縁が切れてしまったんです。私も東京の大学に進んだんですが、東京で会うこともなく、便りがくるわけでもなく、卒業して、母校の教師になってしばらくして、彼女が東京で結婚したという噂を聞いただけです。むろん、結婚式の招待状など来ませんでした。私のことなど忘れてしまったのでしょう。それとも、忘れようとしたのかもしれません――」

「忘れようとした？」

貴島は浅井澄代の奇妙な言い方に引っ掛かって、問い返した。

「重大な打明け話などした友人をあとになってうとましいと思うことがありますでしょう？　人は多かれ少なかれ仮面を被って生きています。でも、何かの拍子に、その仮面をとって素顔を見せてしまうことがあります。そういうとき、その素顔を見せてしまった人間を後になって遠ざけたくなることってありますよね。彼女の心理のなかにそういう要素があったんじゃないかと思うんです。私を忘れるはずがありません。いえ、私が彼女にとってそれほど存在感のあった人間だという意味ではないんです。今、考えてみると、彼女が私と親しくしたのは、私が刑事の娘だったからかもしれませんし」

「お父さんが刑事を？」

砂利敷きのゆるやかな石段をのぼると、芝前門と書かれた藁葺《わらぶき》屋根の門があった。竹に風が渡る音がした。この門を抜けると、標識が出ていた。左手が好文亭。右手が吐玉泉に至る道である。好文亭は斉昭公の別邸跡で、梅の別名「好文木」にちなんでつけられた。案内用に設置されているらしいテープの女性の声が亭の方角から漏れ聞こえてきた。

二人は右手に折れ、好文亭中門をくぐった。

浅井澄代は刑事の娘だったのか。そう言われてみれば、頷ける節がある。いくら休暇をとって一個人として来たからといって、刑事は刑事だ。ふつうの女性だったら、もう少し身構えるそぶりを見せるものだが、浅井にはそういう様子は全く見られなかった。むしろ、初対面なのに親しげといってもよい態度にやや戸惑いを感じていたのだが、これで読めた。

「ええ。昨年なくなりましたが」

澄代は伏し目になり、じっと左手を見詰めていた。あの指環を見ているような気がした。昨年なくなったとすれば、娘の遅い春を知らずに逝ったのかもしれない……。

「それで、悦子さんがあなたに打ち明けた重大なことというのは？」

貴島は話をもとに戻した。浅井ははっとしたように顔をあげた。

いつしか、あたりは昼なお暗い杉林になっていた。見上げると、杉の大木のてっぺんにわずかに青空が覗いている。吐玉泉と書かれた標識のところで、澄代は足が竦んだように立ち止まった。左手に急勾配の木の階段があった。このまま、まっすぐ行けば、竹林を通って表門に至る。

「とても恐ろしいことです」

話が核心に迫ったことを示すように、澄代の顔が醜く見えるほど緊張した。紺色の半袖から出たほそい腕が、見ると、総毛だっていた。

「恐ろしいこと？」

「私は彼女の話を信じませんでした。だって、あんな恐ろしいこと……。私には考えられません。でも、彼女は真剣でした。嘘や冗談を言っているのではないことは顔を見ればわかりましたが、それでも――」

「何を打ち明けられたのです？」

貴島はじりじりして訊いた。澄代は足元に視線を落としながら、木の階段をおりはじめた。かすかに水の音が聞こえてくる。

「中学三年のときです。放課後、文芸部室でふたりきりになったときに、突然、彼女は私に言ったんです」

ふいに顔を貴島のほうに向けた。浅井澄代の目はそのときの恐怖を再現するように見開かれていた。

「昨日の晩、お母さんに殺されかけた、と」

3

「殺されかけた？」

貴島は思わず言った。足が自然にとまった。砂村悦子は十七年前にも母親に殺されかけた――？

「夜中にひどく息苦しくて目を覚ましたのだそうです。そうしたら、顔の上に何かが覆いかぶさっていて、彼女を窒息させようとしていたというんです。それで、苦し紛れに相手の手を思いっきり引っ掻いて、なんとか危険を免れたそうなんですが」

「ちょっと待ってください！　それはまるで――」

「そうです。彼女の短編に出てくるエピソードそのままです。私はその部分を書店で読んだときは愕然としました。あれは十七年前私が聞いた話そのままでしたから。小説では怪奇的な色合いを帯びていましたが、実際には、彼女が寝ていた部屋の戸は鍵はかけてなかったそうです。でも、窓は施錠してあったので、夜中にこっそり彼女の部屋に入って、枕を眠っている彼女の顔に押し付けることができたのは、うちの者、つまり、お父さんかお母さんか、そのころ雇っていた家政婦しかいないわけです」

「なぜ、それが母親だと彼女にはわかったんです？」

「手の甲についていた引っ掻き傷からです。翌朝、お母さんの手に傷がついているのを見て、昨夜の出来事が夢ではなかったのを知ったのだと、彼女は言いました」

「それにしても、なぜ――」

母親が実の娘を、と言いかけて貴島は黙った。しかし、察しのいい浅井澄代には、飲み込んだ言葉が聞こえたらしい。

「日記を見られたからだと彼女は言いました」

「日記？」

「ええ。悦子さんは中学へ入った年からずっと欠かさず日記をつけていたらしいんです。それを鍵のついた引出しにいつもしまっておいたそうなんですが、いつだったか、うっかり鍵をかけ忘れて学校へ行ってしまったことがあったそうで。帰ってきたら、日記に誰かに読まれたような形跡があったというのです。その日記には彼女が今まで誰にも打ち明けたことのない恐ろしい秘密が書かれていたのです」

「恐ろしい秘密――」

「とても恐ろしい秘密です。私もそれを聞いたとき一瞬耳が痺《しび》れたようになったのを今でも鮮明に覚えています。彼女の顔が真っ青でなかったら、『嘘！』と言って笑いとばすところでした。彼女は五歳のときからずっと胸のうちに秘め続けてきた秘密を私に話して、私の父に助けてもらえないかと言いました」

「あなたのお父さんに？」

「そうです。父はあのころ現職の警官でしたから。それに、あの事件にかかわった刑事の一人でもありましたし」

「あの事件というと――」

「悦子さんの小説にも出てくる、二十七年前の二件の溺死事故のことです。あの当時、私はまだ小さかったので、事件についてはよく覚えていませんが、父がお酒が入ると、あの事件のこと、とりわけ、アイ子ちゃんという子供が死んだ話はよくしていたのを傍らで聞いたおぼえがあります。同じ年ごろの娘をもつ身として、他人事《ひとごと》とは思えなかったのでしょう」

「まさか、恐ろしい秘密というのは、そのアイ子という幼女の溺死にまつわることでは？」

やはり、砂村悦子はアイ子という従妹を……？　だが、貴島の思惑に反して、浅井澄代は首を横に振った。

地面にしっかと根をはった老杉のそばに、木のひしゃくの散らばった、水のこんこんと涌き出る大理石があった。吐玉泉である。

「そうではありません。あの事件ではなく、もうひとつの事件のほうです。悦子さんが私に打ち明けたのは」

「もうひとつの事件というと、そのあとで、アイ子ちゃんのお母さんが同じように溺死したという？」

「ええ」

「確か鈴子さんとか言いましたね。自殺か事故死か判然とはしなかったそうですが」

「最終的には事故死ということになりました。鈴子さんがあの事故のあった昼間、酔っ払って家のまわりをうろついているのを何人もの人が見ていたので、おそらく、酔っ払ったままあの池まで行き、足元が暗いのと酔いとで誤ってという見方が強くなったのです。それに、自殺と考えるには、池のふちについていた足跡に乱れたところがあったそうで」

「しかし、それが一体……」

どう悦子の秘密と結び付くのだ？

「悦子さんはあの事件が、自殺でも事故でもない、殺人だったと言ったのです」

「なんですって」

「だから、あの事件をもう一度父に調べ直してほしいと。まだ時効には間があるからと」

「殺人だとしたら、誰が鈴子という女性を？」

「悦子さんのお父さんとお母さんです。そう彼女は言いました」

貴島はあまりのことに、暫く声がでなかった。浅井澄代の顔がこれほど青ざめていなかったら、笑い出すところだ。さっき、浅井が砂村悦子からこの話を打ち明けられたとき、思わず笑い出しそうになったという気持ちがよくわかった。

殺人だったのは、アイ子という幼女の事件のほうではなくて、そのあとの鈴子のほうだったというのか。それにしても、叔母を殺した真犯人として実の両親を疑い告発するとは。少なくとも、あの短編のなかでは、砂村悦子は両親を愛し、叔母のほうを嫌っていたようだった。それがどういうことだろう。むろん思春期の潔癖な娘なら、たとえ実の親だろうが、疑うだけの根拠がありさえすれば、告発くらいするかもしれないが、一体、悦子が両親を殺人者として告発する根拠は何だというのだ？

木の橋を渡ろうとしている澄代の背中に向かって言った。

「悦子さんはなぜ鈴子という女性が両親に殺されたと思うようになったんです？」

両親がひそかに話しているのを聞いたのか。それとも……。

「私もそのとき、同じことを彼女に聞きました」

澄代は振り向いた。足元に青い露草《つゆくさ》が咲いている。背後に、あずまやが見えた。その向こうにもうひとつ木の橋がかかっており、澱んだ池が横たわっていた。水のせせらぎの音に混じって、列車の通過する音が響いた。

「私には彼女の話が信じられなかったし、もし、彼女の言うことが本当だとしたら、父は殺人を事故と誤って処理してしまったことになります。父の名誉にもかかわることですから、娘として黙っているわけにはいきません。鈴子さんが彼女の両親に殺されたと疑う証拠が何かあるのかと聞き糺《ただ》しました」

澄代はそう言うと、また背を向け、歩き出した。ふたつめの木の橋を渡ると、右手に藤棚があった。二脚のベンチのある藤棚の前方は柳のしなだれかかった池、後方には、書物を手にもちマントを羽織った書生の赤茶けた像がたっている。

澄代はベンチのひとつに腰かけた。貴島もそれにならった。

「で、彼女はなんと？」

「証拠は何もないと言いました。ただそういう気がするだけだ、と悲しそうな顔で言うだけでした。そして、ポツンと呟くように言ったのです。『母はあの二人に殺されたのよ……』って」

「母？　母とはどういう意味です。亡くなったのは叔母さんでしょう？」

突如、空をバラバラと黒い鳥の群れがわたって行った。その瞬間、彼の頭に火花のようなものが散った。まさか――。

ふいに砂村悦子の小説、『ミラージュ』のなかの或るくだりが頭に閃いた。

「叔母は母の年子の妹で、子供のころから双子と間違われるくらい似ていたそうだ……」

4

鈴子と充子は双子のように似ていた――。

二十七年前の事件が隠されていたもうひとつの横顔を見せて、今、過去から甦ろうとしていた。

「悦子さんはあの事件の後お母さんに漠然とした違和感を感じるようになったと言いました。顔や姿は以前のままなのだけれど、どこかが違うという気がしてならなかったそうです。最初は、それまで病気がちで床についていることが多かったお母さんが、あの事件のあと、だんだん顔色もよくなって、お化粧などもして外にも出歩くようになったことで、別人のような感じを抱くようになったのかもしれないと思っていたそうですが、それでも、違和感を完全に拭い去ることはできなかったそうです。それどころか、それは成長するにつれて、いっそう強まっていったというのです。

　そして、中学へ入った年から日記をつけはじめ、誰にも言えないこの疑惑をそこに書き記すようになったのです。それに、このころになると、幼いころにはわからなかった事柄の意味がおぼろげにわかってきたのだそうです。父親がなぜ叔母母子を狭い三畳間から客室にうつしたのか。借りてきた猫のようにおとなしかった叔母がある日を境になぜ豹変したのか。子供のころ、夜、ご不浄に行こうとして父親の部屋の前を通ったら、障子にふたつの影がうつっていて、中から叔母のわらい声が聞こえてきたことがあったのだそうです。そのとき、手を引いていた母親がなぜ急に立ち止まり、幼い悦子さんが促すまで、青ざめた恐ろしい顔をして障子にうつるふたつの影をじっと見詰めていたのか。ちょうどジグソー・パズルのバラバラだったかけらが意味をもってひとつの絵を作り上げるように、彼女のなかである推理が生まれていったのです。

　それは恐ろしい推理でした。父と叔母が共謀して、母親を事故死に見せかけて殺し、叔母が母親になりすましたという……。彼女はそんなことを日記にめんめんと書き記していたのです。それを中三のとき、母親に読まれてしまい、そのあげくに夜あんな出来事が。でも、殺されかけたことで、それまでは自分でも妄想かもしれないと思ってきたことが確信に変わったそうです。それで、思いきって、私に打ち明け、私の父の助けを借りようと決心したのだと——」

池のあたりを散策する年配のアベックの白い姿が草木の陰から見え隠れするだけで、あたりは静かだった。池の水面にときおり赤や黄色の鯉の背中がかすめた。

「しかし、いくら母親と叔母が似ていても、また父親が共犯だとしても、近所や使用人の目というものがあるでしょう？　そんなすり替わりが誰にも疑われずにできたのか——」

「ええ。私もそう思いました。でも、悦子さんはそれはけっして不可能ではなかったと言いました。たとえば、使用人ですが、あの事件が起きたとき、里見家には使用人は一人もいなかったのだそうです。前には二人ほど雇っていたそうなんですが、鈴子さんが顎でこき使うので二人とも暇を取ってしまったあとだったんです。これも偶然ではなく、悦子さんに言わせれば、叔母がわざとたくらんだことだそうです。鈴子は居候をきめこんだときから、密かに姉にとってかわることを計画していたのではないか。悦子さんはそう考えていました。そのために、まず使用人をやめるように仕向けたのだと。

それから、近所の人たちにしても、充子さんは屋敷に閉じこもりがちであまり付き合いもなかったので、充子さんに顔かたちのよく似た鈴子がその後近所の人たちに接しても見破られる心配はなかったのです」

「それで、あなたはその話をお父さんになさったのですか」

「ええ。私はとても信じられなかったんですが、悦子さんの顔があまり真剣だったので、その夜父に話しました」

「お父さんはなんと？」

「笑っただけでした。一笑に付したのです。父には悦子さんの話など子供の空想にすぎないと思えたのでしょう。全くとりあってもらえませんでした。父の反応も無理もないことでした。悦子さんの疑惑はあまりにも突拍子もないものでしたから。叔母が母親を殺して、母親になりすましているなんて」

「鈴子さんの、というか、鈴子だと思われた女性の遺体は解剖されたのでしょう？」

「はい。行政解剖でしたが。かなりのアルコールが体内から検出され、同時に池の水を大量に飲んだあともあったそうです。ですから、酔っ払って池に落ち、溺死したというのは間違いありません。もし、あの遺体が充子さんのほうだとしたら、妙なことになります。充子さんはお酒が一滴も飲めなかったそうですし、鈴子さんのほうは昼間から酔っ払ってふらふら歩いているのを近所の人に目撃されていたのですから。やはり、あれは鈴子さんだったにちがいありません……」

浅井澄代はそう信じているというよりも、そう信じたいという口ぶりで言った。

「しかし、もし計画的な殺人なら方法はありますね」

貴島は言った。

「鈴子が昼間酔っ払って近所をうろついたというのは、わざとしたことかもしれない。彼女が酒を飲んでいたという事実をあとで近所の人に証言させるためです。そして、充子さんのほうはその夜無理やり酒を飲まされ、鈴子の着物に着替えさせられて、あの池に運ばれ……。いや、わざわざ池まで運ばなくても手はあります。池の水をバケツにくんできて、それに充子さんの顔を――」

さすがにその先は言えなかった。無理やりアルコールを飲まされ、病弱で体力の弱っていた充子の顔を池の水をはったバケツに浸けるのは、おそらく女でもできたことにちがいない。そして、「溺死」した充子の遺体を、人通りの少なくなった夜、里見が池に運んだ……。

「そんな恐ろしいこと！」

澄代は両手をあげて耳をふさぐ真似をした。

「むろん想像にすぎませんが。それで、結局、悦子さんの告発は無駄だったわけですね？　警察は再調査に乗り出すこともなく、事件は事故のまま片付けられてしまったんですね」

「ええ。父は全く相手にもしませんでしたから。なんといっても里見さんは中学の教頭をしていた人望の厚い人でしたし、里見家といえば地元では名家のひとつでしたから。父もまさかと思ったのでしょう。それに、そのことを翌日悦子さんに言うと、彼女のほうもあれから考えが変わったらしく、案外ケロリとした顔で、あれはあなたをかつぐために言った冗談よ、などと言うのです。そして、昨日話したことは全部忘れて、とも言いました。なんとなく狐につままれたような気持ちでしたが、いつのまにか、私も忘れかけていたのです。ところが、あの中野の事件をテレビのニュースで知って――」

澄代はこめかみを流れる汗を真っ白なハンカチで拭うと、ベンチから立ち上がった。

「中野署に立ちよったのは、その話をするためだったのですね」

「そのつもりだったんですが……。でも、捜査本部がもう解散したと聞いてあきらめたのです。こんな古い話をしてどうなるというのでしょう。二十七年前の事件にかかわった人たちはみんな亡くなっているのです。今更むしかえしたところでどうなるものでもありません。ふたりの死者の名誉が損なわれるだけです。地元の名士だった里見先生と、私の父の。それに、私はやはり、あれは事故だと言った父を信じようと思うのです。あのとき、池で死んだのは鈴子さんのほうだったんです。今ではそう思っています」

二人は来た道を引き返した。帰りはどちらも黙りがちだった。見晴らし広場のあたりまでくると、陽は西に傾きかけていて、逝く夏を弔うような蟬の声があたりに響き渡っていた。八方に枝を伸ばした左近の桜は黒いシルエットになっている。園の南側に突き出た仙奕台《せんえきだい》に立つと、かなたに瓢簞《ひょうたん》型の千波《せんば》湖が見えた。湖はのったりと横たわり、西陽が湖の向こうの白い建物をカッと照らし出していた。

「でも、ずっと胸にわだかまっていたことを今日お話ししてスッキリしました。さっきは忘れていたと言いましたが、忘れたことなどなかったのです。ずっと、中学三年のときに悦子さんから聞いた話が耳の底にこびりついていて。誰かに話したかったのです。これでサッパリしました。心おきなく新しい生活に入れます」

眼鏡フレームを陽にキラリと光らせながら、浅井澄代は目を細めて眼下の景色を眺めていた。木の手すりに何気なく添えた左手の指環が陽にきらめいている。

「結婚されるんですね」

「ええ。十月に。十七も年上でおまけに相手は子持ちの再婚なんです。父が生きていたら絶対反対されたでしょう。でも、私は決心しました。私は私の生き方をしていこうと。私、正直いうと、子供のころからずっと悦子さんを羨ましいと思ってきました。あの人は私にないものをすべて持っていましたから。美しさも家柄も才能も。ああいうふうになりたいと思ったこともあります。友達というより、私は彼女の影のようなものでした。でも、今はもう彼女のようになりたいとは思いません。それどころか、彼女のようにはならないように生きようと思ってるんです。心の底からこう思えるまでにずいぶん歳月がかかりましたけど――」

澄代はそう言って白い歯を見せて笑った。

千波湖が輝いていた。

5

車窓の外には、すでに夕闇が迫っていた。特急「ひたち」の車内には帰省客がドア口まで溢れかえっていた。新聞紙を敷いた上に座って、漫画を読みながらウォークマンを聴いている大学生風の若者から、カシャカシャという耳障りな音が伝わってくる。貴島はドアに寄りかかるようにして、ボンヤリと窓を走る景色を眺めていた。が、風景は彼の目に虚ろに映っては消えていくだけだった。意識は別の世界をさまよっていた。

砂村悦子の『ミラージュ』はただのフィクションではなかった。悦子は過去に実際に起きたことを、裏返しにして小説に仕立てたのだ。小説のなかで、彼女は従妹を殺した加害者だったが、実際には、彼女は母親を殺された被害者だったのだ。殺されたのはアイではなく、鈴子、いや鈴子の代わりになった充子のほうだった。

浅井澄代は、別れしなに、「池で死んだのは、やはり鈴子のほうだった」と言ったが、目は口とは逆のことを語っていた。「死んだのは充子のほうだった」と。

二十七年前、ある夏の日、ひとりの女が姉の嫁ぎ先にやって来た。双子と間違われるほど似た姿をもちながら、姉妹の境遇はまさに明暗を分けていた。姉は地方の旧家に嫁ぎ、その夫はいわば名士だった。近隣の尊敬を集める何不自由ない生活。一方、女のほうは同棲していた男に裏切られ、籍にも入っていない私生児を抱えて路頭に迷っていた……。

いつだったか、里見充子が鈴子の同棲相手のことを感情をあらわにして罵《ののし》ったことがあったのを思い出した。嫌悪を剝き出しにして、充子は「あれは人間の屑だった」と吐き捨てた。そして、その男の死に様を冷笑すら口元に浮かべて語った。あのときは、妹を不幸にした男が姉として許せなかったのだろうと思ったが、そうではなかった。充子はあのとき自分のことを言っていたのだ。口元に浮かんだ冷ややかな笑いの意味はそういうことだった。

いつから女は姉にとってかわろうと考えるようになったのか。姉の夫と関係ができたころからだろうか。あるいは最初からその計画を胸に秘めて義兄に近付いたのか。女はひとつの企みを育てていった。姉の着物を着るように、姉の人生そのものをまとってしまおうという企み。企みは、女の娘が事故で死んだことをきっかけに、一気に或る犯罪にまでエスカレートしていった……。

ただ、女には恐れていたものがひとつあった。それは姉の忘れ形見である姪の目だ。幼い娘は母親としてふるまう女に疑惑を持った。女も共犯者である義兄も、幼い娘の目をごまかせると思ったのかもしれない。しかし、少女の目はごまかせなかった。犬が飼い主を嗅ぎ分けるように、子供は母親を嗅ぎ分けたのだ。そして、今目の前にいる女は母親ではないと思うようになった。

里見充子と悦子の確執はこのときからはじまった。悦子は母を疑い、充子は悦子に疑われているのではないかと疑っていた。はためには美しい母子に見える二人の女は二人だけの修羅の世界をもつようになった。

大森の美容院で悦子が美容師のひとりに言った言葉、「鏡のなかにいるのは自分じゃないような気がする。子供のころからずっと別人だと思ってきた」という不可解な言葉には裏の意味があった。そのとき充子が一緒だったと美容師は言った。悦子は母親に向かって言ったのだ。「子供のころから別人だと思ってきた」と。

砂村悦子はあのとき鏡を見ていたのではない。母親を見ていたのだ。彼女にとって鏡とは母親のことだった。

ただ、ひとつ腑に落ちないのは、これほど互いを疑い恐れあっていた二人が、里見茂昭の死を境になぜ別れてしまわなかったのだろうか、ということだ。いつか聞いた充子の話だと、里見が他界したあと、充子はそのころ東京の大学に入っていた悦子を頼って上京したということだった。充子はなぜ、あえて悦子のもとに身を寄せたのだろうか。恐れていた娘、いや姪のもとに。

それに、同じことが悦子の側にもいえる。悦子は結婚の条件に「母親と同居すること」をあげていたのだ。その条件をのんだ砂村昌宏と気の進まぬ結婚までした。おかしいではないか。仲のよい母子ならともかく、悦子は母親を疑い恐れていたはずなのに、なぜ、その母との同居をあえて望んだのか。

常識的には考えられないことだ。恐れ憎みあっていた二人が互いをここまで求めあっていたとは。

ただ、この不可解な疑問に対する答えがひとつだけあった。それはこの二人を結び付けていた絆《きずな》は、まさに恐怖そのものではなかったか、ということである。悦子の小説のなかに、こんなくだりがあった。鏡に関する記述であった。

「中学の二年になったころから、手鏡をカバンに入れて持ち歩くようになった。鏡を見ることが怖い。そのくせ、見ずにはいられなかった」

この鏡とはまさに母親の象徴ではなかったか。あの文章はこんな言葉に置き換えることができるのではないだろうか。

「母が怖い。そのくせ、離れることができなかった」

砂村悦子は恐怖そのものに魅せられてしまっていたのだ。怖いから逃げるのではない。怖いから吸い寄せられていくのだ。若い女が「怖い、怖い」と言いながら、目を覆った指の隙間から恐怖映画を瞬きもせずに見入るように。幼児のころから母親への恐怖を着慣れた衣類のように身にまとってしまった女は、もうそれなしでは生きていけなくなっていたのでは？　それは充子のほうも同様だったとしたら……。

さらにこういう考えもできる。大人になった悦子はもはや母親に対して無力ではなくなっていた。一方、充子のほうは歳を取り日増しに無力になっていった。この偽りの母子の力関係は水戸にいたころと逆転していた。いまや、力をもっているのは娘のほうだった。悦子はひそかに反撃に出ようとしていたのではないか。日増しに力をうしない、少しずつ老いていく女を手元に置いて眺めることが、いつからか彼女の歪んだ快楽になっていたとしたら……。

しかし、こんな異常な関係はついにカタストロフィーを招かずにはおかなかった。六月二十一日。あの蒸し暑い日。ふらりと自宅に戻ってきた悦子と充子の間に一体何が起こったのか。あの惨劇はたんなる口論の末に起きたことではない。きっかけは昌宏をめぐる口論だったにしても、充子、いや鈴子が悦子を刺したのは、二十七年にも及ぶ長い疑惑の果ての必然的な結末だった。

あの日、悦子は過去のことを小説にして世間に発表すると母親を威《おど》したのではなかったか。そんなことを言わせた動機はたぶん嫉妬にあったのだろう。いつか、昌宏が言ったように、全く愛情を感じない夫でも自分以外の、しかもずっと年老いた女に見返られたことが、砂村悦子のようなプライドの高い女にとっては耐え難いことだったにちがいない。鈴子は昔父親を奪っただけではなく、今は夫まで奪おうとしている……。彼女はそう思った。

悦子は確かにあの事件を小説にしかけていた。が、彼女は事実をありのまま書く気はなかったにちがいない。悦子の才能がどの程度のものだったかわからないが、少なくとも彼女は作文書きではなかった。「虚構」を書こうとしていた。事実を裏返しにして全くのフィクションに仕立てあげようとしていたのだ。だが鈴子にはそれがわからなかった。彼女は、小説とは事実をありのまま書くものと単純に思い込んでいたのかもしれない。彼女には日記と小説の区別がつかなかったのだ。だから、咄嗟にそれをやめさせるために、台所に立ち、包丁をつかんだ……。

そして、あとでアリバイ工作のために中野のマンションへ昌宏と行ったとき、昌宏の目を盗んで机の上にあった原稿を奪ったのだ。そう考えれば、あの原稿だけがなくなっていたことの一応の説明はつく。

しかし、これはすべて推理というより想像にすぎない。浅井澄代が言ったとおり、二十七年前の事件にかかわった人間はすべて亡くなっている。過去から何を掘り返し、誰を告発すればいいのか。もし、あの里見充子が鈴子だとしたら、彼女はもうすでに自らを裁いているではないか。鈴子と里見茂昭の古い犯罪を暴き出したところで、そのことによって迷惑を被る人間こそあれ、誰の救いにもならないのだ……。

ふと気が付くと、窓の外には黒々と荒川《あらかわ》が横たわっていた。もう東京である。貴島ははっと夢から覚めたように身を起こした。車内の人々も慌ただしく降りる準備をはじめていた。

列車はやがて都会の街並みのなかをゆるやかに通り抜けた。都会の灯がなつかしい。日帰りの短い旅だったのに、長い長い旅行から帰ってきたような疲労を覚えていた。

いや、長い旅行だった。なぜなら、二十七年前の過去に行って帰ってきたのだから。終点の上野《うえの》は、現在だった。長い時間の旅をしてきたのだ。

いつしか車内に鉄道唱歌が流れはじめた。


男は鏡のない部屋にうずくまっていた。この部屋が好きだった。いつまでもここにいたいと思っていた。久し振りに昨日はぐっすり眠れた。もう、あの女の視線を背中に感じることはない。鏡のなかからじっと見詰めていた見知らぬ女の視線……。顔は見たことはない。が、なぜかそれが女だとはわかった。

あの応接間の椅子のことで刑事に言ったことはけっして嘘ではなかった。あのときは喫煙家でないのがばれて、咄嗟にあんな話をでっちあげただけだったが、悦子と結婚したころから、妻と義母以外の女の視線を感じるようになったのは本当だった。視線を感じて振り向くと、いつもそこには何も映っていない鏡があった。

誰かが鏡のなかからじっとこちらの世界を見詰めているような気配。

あの女は誰だったんだろう……。

エピローグ

わたしはとうとうおまえに会いにきた。

おまえがあの屋敷を出たときから、ずっとおまえの後を追ってきた。

今、おまえはわたしの足元に横たわっている。眉を剃ろうと手にした剃刀を握り締めて。

あの夏の日、ふらりと現われたおまえはわたしから何もかも奪って行った。夫もわたしのいのちも、わたしの人生も。そして、ついにわたしの娘のいのちさえも。

もうおまえは生きていてはいけない。おまえは災いだけを振り撒く女だ。剃刀を眉にあて、鏡に向かっていつものように微笑むおまえに、わたしはもう微笑を返さない。遠くでけだるい蝉の声がする。風鈴が鳴った。

わたしの手に握られた剃刀から血が畳のうえに滴《したた》り落ちた。おまえの手にも剃刀。誰が見ても自殺に見えるだろう。

ふと庭を見遣ると、いつのまに忍びこんだのか、小さな女の子が紫陽花の陰からこちらを見ていた。

解説

結城信孝（文芸評論家）

'93年度のミステリ小説新人賞は、女性作家の圧勝に終わってしまった。

《第三十九回江戸川乱歩賞》には、三十二回受賞の山崎洋子『花園の迷宮』以来の女流・桐野夏生が選ばれている。受賞作『顔に降りかかる雨』は、珍しい女性ハードボイルド作品だった。

《第十一回サントリーミステリー大賞》、こちらは男性が大賞に輝いたが、《読者賞》は祐未《ゆみ》みらの『緋の風――スカーレット・ウインド』が受賞。この読者賞は他の新人賞と異なり、大賞と同程度の価値がある。時として大賞以上の評価を得るケースも少なくない。

《横溝正史賞》と《日本推理サスペンス大賞》は今回、受賞作（大賞）なしだった。

《第四回鮎川哲也賞》が、前年の加納朋子『ななつのこ』に続いて、女性の近藤史恵『凍える島』が他の男性作家を抑えて受賞した。

こうして並べてみると、めぼしい新人賞は女性ミステリ作家のほぼ独占といっていい。宮部みゆきや高村薫の例を出すまでもなく、近年ミステリ畑への女性進出がめざましいが、ここに現在もっとも注目しなくてはならない存在として本文庫『i（アイ）鏡に消えた殺人者』の著者・今邑彩がいる。

この作家もまたミステリ小説コンテストの出身だが、他の新人とはデビューのプロセスが多少異なっている。

今邑彩のタイトルは乱歩賞でもなければ、横溝賞でもない。《「鮎川哲也と十三の謎」十三番目の椅子》に応募した『卍の殺人』が、最優秀作品に選ばれたのである――と書いただけでは、わかりにくいかもしれない。

まず「鮎川哲也と十三の謎」だが、これは既成の作家に書下ろしでミステリ長編を執筆させようという企画で、十二人のプロ作家がノミネートされた。折原一《おりはらいち》『倒錯の死角《アングル》』、宮部みゆき『パーフェクト・ブルー』、北村薫『空飛ぶ馬』など質の高い十一の作品がすでに刊行されており、鮎川哲也『白樺荘事件』（仮題）のみ未刊になっている。

そして十三番目の作品（椅子）を新人の応募原稿のなかから選出すべく門戸を開放したところ、五十五編が集まった。

鮎川哲也、紀田順一郎、中島河太郎ら選考委員三名が最終選考の末、《十三番目の椅子》を今邑彩『卍の殺人』に決定したわけである。

受賞作について鮎川委員は「論理的に謎を追究していく本格物本来の形式を墨守《ぼくしゅ》したものとして、高く評価されていい」と、著者の才能に着目していた。

紀田委員が「独得の雰囲気がある」と指摘すれば、中島委員も「女性心理を見事に捉えて文章もなだらかである」と強力に推《お》している。

三人の選考委員が長所にあげている①本格ミステリの資質、②作品の雰囲気、③文章の読みやすさ――この三点は今邑ミステリの絶対的な強味であり、作品を重ねるごとに完成の域に近づいていく。

その頂点ともいうべき一作が『i（アイ）鏡に消えた殺人者』だと思うが、著者が本格ミステリにのめり込むキッカケとなったのは奇《く》しくも鮎川哲也の長編小説で、名作『黒いトランク』だという。

『卍の殺人』同様『黒いトランク』も、「書下し長篇探偵小説全集」（昭和三十～三十一年。講談社）の最終巻（第十三巻）として新人の応募作品のなかから選ばれた。

この探偵小説全集（未刊二冊）には江戸川乱歩、大下宇陀児《おおしたうだる》、木々高太郎《きぎたかたろう》ら当時の大家が名を連ねているが、作品の魅力は『黒いトランク』が断然他を圧している。

『黒いトランク』は昭和三十一年に発表され、翌年から江戸川乱歩賞は新人の応募作が受賞するようになった（仁木悦子《にきえつこ》『猫は知っていた』）ため、「幻の第一回乱歩賞」作品といわれた。

同じ十三番目の椅子に坐ることになった『卍の殺人』も、次の年に鮎川哲也賞が発足されている点から、「幻の鮎川賞」受賞作と呼んでもさしつかえない。

大先輩である鮎川哲也と類似の異色コースで世に出た今邑彩の処女作は、前述したように新人作家の第一作としては十分に水準を上回っているが、著者の自己採点は意外に厳しい。

「処女作というよりも、今まで読んできた本格推理小説に対する卒業論文のようなものと、自分の中では位置づけています」

ミステリ小説に限らず、古今の多くの作家はデビュー作を超えることが少なく、まして新人賞受賞作品となると、なおのことその傾向が強い。デビュー作が代表作、という作家がどれだけいるだろうか。

幸いなことに、今邑彩のデビュー作は著者の代表作にはならなかった。

第二作の『ブラディ・ローズ』は、ヒッチコックの映画『レベッカ』を意識したそうで薔薇《ばら》の花が主人公になっているが、この作品にも著者は大満足とはいかないようである。

「作者としては、その知られざる側面に光をあてて書いたつもりですが、果たしてどこまで成功したやら」

と、いまひとつ歯切れが悪い。客観的に見ても処女作から確実に前進しているはずだが、著者自身が目指すラインはさらに上にあるのだろう。

間違いなく自他ともに到達ラインをクリアーしたのが、今邑彩にとって初の文庫化となる本書『i（アイ）鏡に消えた殺人者』である。

前二作に関する消極的なコメントとは対照的に、著者はこの一作に胸を張る。

「今まで書いた中では、最も気にいっており、さほど苦労せずにテーマとトリックがうまくかみ合ってくれた、実質的な意味での、私の処女作」

淡々と語っているが、発言は力強い。試行錯誤の結果、生みの苦しみを経て誕生したものではなく、作品の構想がスムーズに形になったと思われる。

三年前にカッパ・ノベルスから刊行された時にも感じたことだが、今回この文庫解説を書くにあたり再読したところ、まさに「傑作」としか呼びようのない作品であった。

ミステリアスな冒頭の謎、殺人犯人の足跡が鏡のなかに消えたかのように見える巧妙な鏡のトリック。この鏡トリックのオリジナリティは並ぶものがないほど素晴らしいが、本作品の魅力はこれだけではない。

奇妙な刺殺事件は、二十数年間にまたがる驚異の五重連続殺人に結びついていく。プロットはトリックを先行させることなく迫真の人間ドラマ（ヒロインの人物型が秀逸）と対になって、まったく思いがけない真相にたどりつくのだが、小説はまだ幕を下ろさない。

最後の最後に鮮やかなドンデン返しが待ち受けている。この大逆転は正真正銘、本来のドンデン返しであるところの一八〇度、まっさかさまに引っくりかえる。

本格ミステリにはドンデン返しがつきものとはいえ、多くの作品は一八〇度（まっさかさまに）引っくりかえらず、結末をちょっとヒネっただけでドンデン返しと称するものが結構ある。

その手の安易な逆転ドラマに慣れ親しんでいるミステリ・ファンは、本文庫によってドンデン返しの真髄を知らされることになる。おそらく、今邑彩という作家にはじめて接した読者は、日本のミステリ小説界にこんな逸材が存在することに驚きの目を向けるにちがいない。

本編は今邑彩にとっては最高の自信作にして現時点における代表作であり、解説担当者にしてもイチ押しの本格ミステリだが、ここに一人強力な支援者がいる。

『i（アイ）鏡に消えた殺人者』がカッパ・ノベルスより刊行された際、裏表紙に熱い一文を寄せている島田荘司である。

「ミステリー作家はシュールな風景を目撃できる画家であり、これを文章化できる詩人でなくてはならない」と書いたあと、「こういう体質を持つ人は実に貴重だ。比較的近い位置にいた今邑さんに、こういう体質があったと知って、嬉しい驚きを感じている」という賛辞は最大級のものにちがいない。

「比較的近い位置」というのは、ともに本格ミステリ作家であることと、創作の手法についても共感できる面を感じたのではないだろうか。

本書に関してはこれ以上つけ加えることはなく、とにかくページを開いてミステリ小説の醍醐味《だいごみ》を心ゆくまで味わってほしい。

あと、解説文の途中でも触れたように、この作家は自分の作品に対して的確に評価できる能力を持っている。他人の小説については冷静に分析できるくせに、自作になると空っきしという作家が多いなかで、今邑彩は数少ない例外の一人かもしれない。

この貴重な才能は、今後創作活動を続けていくうえで間違いなくプラスに作用するはずだ。

それを如実に証明しているのが「実質的な意味での、私の処女作」といい切った本書であり、「久々の自信作です」と語った第七長編『そして誰もいなくなる』である。

アガサ・クリスティーの代表長編『そして誰もいなくなった』のプロットを周到な学園ミステリ仕立てにしたあたり、本歌取りのセンスも並みではない。

本文庫にしびれたと思われる読者は、次に『そして誰もいなくなる』が絶好のターゲットになるだろう。

（一九九四年一月）

［付記］
『そして誰もいなくなる』は中公文庫から新装版が刊行されている。

（二〇一〇年十一月）

中公文庫版あとがき

本作は、一九九〇年、光文社のカッパノベルスの書き下ろしとして刊行されたものです。一九九四年に文庫化されましたが、二版止まりで、長くデジタル文庫に収録されていました。このたび、装いも新たに中公文庫として蘇ることになりました。

内容的にはほとんど変わっていませんが、文章や語句などで、読み直して気になる箇所は全て修正しました。ただ、時代的なものは、直しようがないし、直す必要もないと思ったので、そのままにしてあります。

書いたのは、一九九〇年の夏頃で、ほぼ一カ月で一気に書き上げました。うまく集中できたので、さほど苦労はしませんでした。売れ行きもまあまあで、編集部の評価もわりと高かったので、「シリーズ化」という話になったのですが、二作目では、どえらい苦労をしました。

これも、最初は、一、二カ月で仕上げるつもりでいたのですが、もくろみは見事にはずれ、書き直しばかりしていて、半年以上も費やしてしまいました。

「怪奇と本格推理の融合」などという試みは、意識的にやろうとしても、そう何作も書けるものではありません。自分で言うのも何ですが、これ、かなり難しいです。怪奇なら怪奇、本格推理なら本格推理と、どちらかに徹してしまえば、もっと楽に書けるのですが。その難しいやつを、才能というよりも、まぐれ当たり的にヒョイと書けてしまったのが、思えば苦労のしはじめでしょうか……。

二〇一〇年十一月吉日

今邑 彩

『*i*（アイ）鏡に消えた殺人者』　一九九四年二月　光文社文庫

中公文庫

i（アイ）鏡《かがみ》に消《き》えた殺人者《さつじんしゃ》
——警視庁《けいしちょう》捜査《そうさ》一課《いっか》・貴島柊志《きじましゅうじ》

2010年12月20日　初版発行
2011年３月５日　３刷発行

著　者　今邑《いまむら》　彩《あや》
発行者　浅海　保
発行所　中央公論新社
〒104-8320　東京都中央区京橋2-8-7
電話　販売 03-3563-1431　編集 03-3563-3692
URL http://www.chuko.co.jp/

印　刷　三晃印刷
製　本　小泉製本

Published by CHUOKORON-SHINSHA, INC.
Printed in Japan　ISBN978-4-12-205408-0 C1193

各書目の下段の数字はISBNコードです。978－4－12が省略してあります。

中公文庫既刊より

い-74-5
つきまとわれて　今邑　彩
別れたつもりでも、細い糸が繋がっている。ハイミスの姉が結婚をためらう理由は別れた男からの嫌がらせだった。表題作の他八編の短編集。〈解説〉千街晶之
204654-2

い-74-6
ルームメイト　今邑　彩
失踪したルームメイトを追ううち、二重、三重生活を知る春海。彼女は、名前、化粧、嗜好までも変えて暮らしていた。呆然とする春海の前にルームメイトの死体が？
204679-5

い-74-7
そして誰もいなくなる　今邑　彩
名門女子校演劇部によるクリスティー劇の上演中、連続殺人は幕を開けた。台本通りの順序と手段で殺される部員たち。真犯人はどこに？　戦慄の本格ミステリー。
205261-1

い-74-8
少女Aの殺人　今邑　彩
深夜の人気ラジオで読まれた手紙は、ある少女が養父からの性的虐待を訴えたものだった。その直後、三人の該当者のうちひとりの養父が刺殺され……。
205338-0

い-74-9
七人の中にいる　今邑　彩
ペンションオーナーの晶子のもとに、二十一年前に起きた医者一家虐殺事件の復讐予告が届く。常連客のなかに殺人者が⁉　家族を守ることはできるのか。
205364-9

あ-61-4
冷ややかな肌　明野照葉
外食産業での成功、完璧な夫。全てを手にしながらも、異様に存在感の希薄な女性取締役の秘密とは？　女性の闇を描いてきた著者渾身の書き下ろしサスペンス。
205374-8

に-18-1
聯《れん》愁《しゅう》殺《さつ》　西澤保彦
なぜ私は狙われたのか？　連続無差別殺人事件の唯一の生存者、梢絵は真相の究明を推理集団〈恋謎会〉にゆだねるが……。ロジックの名手が贈る、衝撃の本格ミステリ。
205363-2